예지시인선264

가슴 속에 피는 꽃

이길호 네 번째 시집

| 시인의 말 |

- 제 4시집을 출간하면서 -

고향을 생각하면 왈칵 눈시울이 뜨거워지는 충동을 어찌할 수 없습니다.

어린 시절 종이딱지 치던 앞마당. 채찍질 해대가며 팽이 돌리던 얼음판. 여자 남자 가릴 것 없이 떼를 지어 병정놀이하던 고샅길. 구슬치기 하던 김씨(金氏)네 뜨락, 여름철이면 거미줄 철사 잠자리채를 들고 서문 밖으로 내달리던 그 들녘..... !

제 머리 속에 남아있는 고향의 운치(韻致)가 아직도 역역한데 오십년이 지난 지금, 고향에 가보면 그 정다웠던 길 모양은 달라지고 널다랗게 자리 잡고 있던 배추밭 그 자리에 난데없이 집들이 들어서고, 잠자리 잡던 서문 밖 들녘 그곳에도 이층집 집들이 빽빽이 들어서서, 마치 다른 세상에 온 듯한 착각마저 들 정도로 고향이 영 낯설어 보였습니다.

본 시인의 소망은 고향땅이 어린 시절 그 모습 그대로 있어주기를 바랬었는데 고향이 완전 달라진 모습을 보이고 풍치(風致)가 먼 옛날 예전 같이 않아 사뭇 놀라움과 경이(驚異)감을 금치 않을 수 없었습니다.

옛것을 선호(選好)하고 현대 것을 배제(排除)하는 아집

(我執)이 시인에게 있다고 생각하지만 글쎄? 시인의 마음 속에는 그리움과 외로움 혹은 아름다움과 미움, 그리고 고통과 행복 같은 착상(着想)을 글로 표현하는 의무가 있기에 뭇 사람들보다 생각하는 차원(次元)이 다르지 않을까 사려(思慮)됩니다.

시인(詩人)의 임무는 다양합니다.

풍경을 그리는 글을 쓰면 사진작가가 되고 정치세력(政治勢力)을 비판하는 글을 쓰면 변호사가 되고 종교 말씀을 인용(引用)하면 성직자가 됩니다.

사진작가의 중책(重責)은 오래 보존하겠다는 뜻이 제일 중요합니다.

시인도 풍경을 아름답게 필(筆)로 표현하면서 시(詩)가 오래 보존되기를 갈망할 것입니다.

요즘 하루하루 살기가 각박한 세상이 되고 말았습니다.

북한 <김정은>이가 6차 핵실험을 실천하는 바람에 언제라도 핵전쟁이 일어날 수 있다는 불안감, - 그런 압박감에서 우리는 살고 있습니다.

핵전쟁이 일어나면 핵분열 여파(餘波)로 대한민국 전체가 초토화 될 판인데 자질구래한 군(軍) 무기들이 무슨 소용이 있겠습니까

옛말에 이런 말이 있습니다.

이에는 이, 눈에는 눈으로 대적(對敵)해야 된다고 -

북한이 핵을 보유하고 있는 이상 우리 대한민국도 전술핵 배치를 곧 서둘러야 된다고 본 시인은 주장하는 바입

니다.

이제까지 막대한 국방비(國防費)를 지출하면서도 북한군 눈치나 보고 미국입김에 우왕좌왕(右往左往)했던 우리정부가 결국 이런 사건에 직면하게 됐음을 지적하는 바입니다.

1945년 일본 히로시마 핵폭탄 투하(投下)로 숱한 인명살상(人命殺傷)이 나고 피해자들이 아직도 고통에 시달리고 있는데 대한민국 모든 국방력 절차마저 미국에 승인을 받아야 하니 정녕 답답하게만 여겨집니다.

이북에서는 핵폭탄 만들고 남한에서는 통일 되면 대박이라고 떠들어대던 엊그제 정부발언(政府發言)은 어떻게 해명할 것입니까!

핵전쟁이 일어나면 모두 그때부터 끝장입니다.

탱크도 비행기도 군함도 핵분열로 고스란히 고물로 변해 버릴 것입니다.

본 시인이 출간했던 시집(詩集)들이나 자서전도 한 순간에 재가 되어 사라지고 말 것입니다

서두(序頭)에 본 시인이 고향애기를 꺼냈지만 고향의 모습도 핵분열(核分裂)로 초토화(焦土化) 될 것이고 서울도 완전 아수라장이 되고 말 것입니다.

사정(事情)하여 말씀 드릴 분은 오직 하느님뿐이 십니다.

이렇게 되면 제가 성직자가 되는 기분인데 어쨌든 하느님께 기도드리면 그대로 이루어질 것이니 믿으시기 바랍니다.

남한 오천만 민족이 하느님께 기원하면 핵전쟁의 불씨는 꺼져버릴 것입니다.
편안한 마음으로 기도하십시오.

시집 제 4집을 출간하면서 여러모로 도와주신 하느님께 감사드리며 또한 틈틈이 협조해 준 제 아내에게 고마움을 전합니다.

2017년 9월 6일
시인 이길호(스테파노) 서울 송파구 삼전동 자택에서

제1부 - 메아리치는 기적소리

제2부 - 목이 마른 햇볕

제3부 - 까치발 승부차기

제4부 - 아리송한 인생살이

제5부 - 고달픈 생의 흔적

제6부 - 보름달에 가린 별

제1부 - 메아리치는 기적소리

완행열차

급행열차에서 강등당한지 벌써 이십년
군데군데 철판 이음매를 조이고 있는 나사못이 녹슬고
승객실 가로막고 선 문짝이 술 취한 듯 삐딱하다
이십년 전 매끈한 인격과 외모는 낡아 버렸고
폐장을 파고드는 호흡은 숨이 찬 듯 가르랑 거린다.

그래도 남아있는 힘은 길 다란 그림자를 뒤로하고
둥지 틀어 살고 있는 동네와 이웃사이 간이역을 오가며
그는 열차시간표와 정확히 맞추어 하루를 접는다.

여기저기 역마다 남겨둔 진솔한 정 순박한 정
종착역 머물러 여장을 풀고 휴식을 취하고 있을 때
역무원의 순찰과 정비원의 망치소리가 적막을 깨트리고
고개를 내민 풀꽃이 기름때에 스쳐 움칫 자지러진다.

승차하며 다정히 인사하는 승객들의 밝은 표정
노년의 열차는 형제처럼 떠받치고 있는 철로를 딛고
밤에는 어둠을 삼키며 해오름엔 햇볕을 쪼개가며
묵은 때 정든 때 서린 간이역 주변풍경을 박음질한다.

언젠가 힘에 겨워 그자가 임무를 다할 수 없다면
높은 산길을 관통하는 철로길 터널은 어찌하고
오곡자루 이고 자주 오르내렸던 아낙들은 어찌하며
친척지간 자주 왕래했던 그림자들은 어찌하면 좋은가

숨아 찬 듯 가르랑 거리며 달리는 노병
향수에 젖은 간이역들이 그의 운행을 지켜보며
그와 사라질 운명이 못내 아쉬운 듯 속앓이 하는데
자신도 자기의 운명을 아는지 길게 기적을 울려대며
흠뻑 정이 묻어나는 간이역에서 잠시 한숨을 돌린다.

반딧불

늪지대 등 굽은 푸서릿 길
어둠을 튕기는 불꽃
불빛이 한가로이 날고 있다

잡지마라
빛 한 점들이 모여
어둠과 맞 설지라도
그들의 비행(飛行)을 막지 말라

딱정벌레에 지나지 않는 곤충이지만
그들 마음은
까맣게 타고 있다
속에 끓고 있는 분노의 발산(發散)
얼마나 기가차면 불꽃이 일고
깜박등 눈 밝히며
속절없이 헤매겠는가?

점점 좁아지고 있는 그들의 영역
삶의 터전이
산업화의 물결에 밀려
애오라지 손바닥만큼이나 작아지고 있다

저 불빛 한 점과 내가 만난 것도
까마득히 사십년 만에 처음이다

인간이 얼마만큼 얄미웠으면
불빛이 깜박깜박 한데 어울려
늪 수면 위를 서성이면서
침범하지 못하도록 막고 있을까!

누구인가

늘 함께 있는 듯 하여도
얼굴도 익히지 못하고 살아가는
햇볕에 한 자락은
어느 누구의 발자취란 말입니까?

방금 전에
창문을 흔들며 스며들었던
동풍(東風)의 한 자락은
어느 누구의 손길이란 말입니까?

구구절절(句句節節)
하얀 백지 위에 곱게 쓴 시(詩) 한편
꼭 보고 싶다는 애증은
누구를 향한 그리움이란 말입니까?

산 우듬지를 맴돌던 먹구름
때를 맞추어
탄식하듯 눈물 되어 내리는데
누구를 향한 슬픔이란 말입니까?

동백꽃

겨우내 움츠렸던 팔과 다리
봄 내음에 흠뻑 물오르면
새싹의 눈망울들이 반짝이고
알맞게 빚어진 잘록한 허리
초록빛 잎사귀가 싱그럽다.

춘풍에 설레이는 가슴 삭히다가
나들이 옷 겹겹이 걸쳐 입고
맵시 있게 한 바퀴 맴을 돌면
진홍빛 꽃가루가 향기를 뿜고
벌떼들이 여기저기 날아들어
웃던 햇살마저 부끄럼 탄다.

동백기름 자주 바르시던 어머니
윤기 돋은 꽃잎새 사이 틈새로
보일 듯 말 듯
비녀 꽂힌 머릿결이 곱게 곱게
슬그머니 아른거리다 사라잔다.

보름달 복숭아

복사꽃이 망울지면서부터
나무는 농부의 관심을 사로잡았다

가지가 늘어지기 전 순치기를 하고
울골질하던 바람이 미쳐 날뛰면
버팀목 세워 맞씨름을 하면서
몽실몽실 잎새 사이로 열매가 둥지를 튼다.

보름달이 되는 컴퍼스의 원리
깃점을 꽂고 한 바퀴 돌리면 달이 되듯
햇살을 핥은 열매들이 풍선처럼 차올라
뒤집어 쓴 섬모
완연해진 착색
복숭아는 달 매무새처럼 성숙해져간다.

무지개 근육으로 더욱 팽팽해진 하늘
해 울음이 단내 향기에 취해
뻘겋게 물들고
묵객(墨客)이 달을 따서 덥석 베어 물자
꿀맛 같은 달콤함에 넋을 잃는다.

벌레 먹은 보름달이 더 맛이 있다고
농약을 적게 치는 것이 과수원의 철칙
구김살 배인 농부의 손길이 순박하다.

저잣거리로 사라지는 보름달을 보면서
나무에 매달린 잎새들이 나풀나풀
손을 흔들며 아쉬운 듯 배웅을 한다.

볼펜

빠끔히 내다본 바깥세상
북적이는 소음 소란스러워
빌딩숲 멀리 제쳐 놓고
조용한 산과 구름을 그려본다.

거미줄 같이 얽힌 삶의 율동
함부로 각서(覺書)를 쓰게 되면
필체가 올가미가 되어
자유도 잃고 신용도 잃게 된다

너는 너, 나는 나, 선을 긋고
야멸차게 돌아서는 사람아
서로 한 핏줄
한 민족임을 알면서
어찌 등을 돌릴 수 있단 말인가

오늘은 어느 누가 출생신고를 하고
내일은 어느 누가 사망신고를 할까?

목숨줄 끊어질 것 같은 위태로움에
저승사자에게 차용증을 써주고
겨우 간신히 늘려온 세월

생(生)이 있어 사(死)가 있는 것일까?
꾸불꾸불한 곡선의 언덕
노인이 넘어서야할 일월인데
너무 가파르고 숨이 차단다.

연극 같은 세상사
선의 율동이
드디어 마침표를 찍는가.

봄날은 간다

햇살이 빚어놓은
나뭇가지 사이사이로
계절의 축제를 여는
봄날은 간다.

어렴풋이 생각나는 옛날
봄바람에 긴 머리 나풀대며
치맛자락 휘날리던
소녀는 지금 어디에 -

까마득히 멀어진
세월 속으로
그리움이 빛살처럼 달려가는데

기다리지 못해
그 자리 나무가 되어버린 가로수
한 생(生)을 덜어낸
뿌리가 허전하다

벚꽃 망울 톡톡-
터지는 소리
웃음꽃 하얗게 한 켠으로
여울지는데

햇빛이 머문 자리
계절이 살포시 익어가고
바람이 고인 치맛자락
봄날은 간다.

아내

고운 나이
바람처럼 다가와
다소곳이
순종하는 아내

힘들면 하느님 전에
무릎 꿇고
조용히
기도하는 여인

수만 가지 근심
쌓이면
미소 머금는
고운 마음

지는 세월
아내의 눈가에
잔주름이 늘고
고이는 눈물
기도로 씻어낸다

아! 알뜰하게
하루를 소중히
여는 여인이여

당신은 나의 거울
나의 전부임을 고백합니다.

마주치는 날

가난에 쫓겨 쪼들리다 보면
으스러질 듯한 아픔에
마주치는 날이 있을 것입니다.

애지중지 자식을 키우다보면
이유 없이 거역하는 반항심과
마주치는 날이 있을 것입니다.

건강하다고 믿었던 자부심이
생각지도 못한 무서운 병마와
마주치는 날이 있을 것입니다.

오래 계실 줄만 알았던 부모님
돌연 세상을 하직하시는 바람에
목 놓아 울 날이 있을 것입니다.

집시 되어 객지를 떠돌다보면
향수에 젖은 고향의 그리움에
마주치는 날이 있을 것입니다.

사랑 때문에 마냥 즐거워했다가도
눈물로 하얗게 지새우는 밤과
마주치는 날이 있을 것입니다.

줄곧 젊을 줄만 알았는데
검은 머리가 희끗해지는 백발과
마주치는 날이 있을 것입니다.

우리 곁을 스쳐가는 모든 것들이
하잘나위 없이 보이는 것 같이 보여도
그만한 이유가 있고 의미가 있듯이
마주치는 것은 업보에 대한 인연입니다.

행상 보따리 엄마

미역과 멸치 같은 건어물을 이고
주안말 북망산 고개를 넘나들며
보따리 장사를 하시던 어머니

어스름 땅거미가 밀려 올 적마다
여동생과 나는 주안말 언덕 빼기로
엄마 마중을 나가곤 하였습니다.

달빛에 하얀 보따리가 희끗희끗 보이고
힘겹게 올라오시는 엄마의 발걸음
건어물들이
쌀, 보리 곡식으로 바뀌어
무거운 중량이 엄마를 짓누릅니다.

"아이구! 내 새끼들 왔구나"
"응, 엄마! 힘들지?"
"배고픈데 누룽지나 먹으렴"
"야! 누룽지다, 엄마가 최고야"

조그만 보따리를 이어받은 여동생과 나
-누룽지도 질기고 목숨도 질기고-
요즘 들어 바짝 도지신 어머니해수병
언덕 빼기를 오르실 적마다
숨이 곧 끊어 질듯 가르랑대며 헐떡이는데

“엄마, 숨차지?"
"괜찮아, 조금 있으면 나아지겠지“
삶에 지처 버린 듯한 어머님의 목소리
목소리에 풀벌레 소리가 뒤엉켜
바가지를 엎어 놓은 듯한 북망산이
그날따라 무척 측은해보였습니다.

눈물

숱한 감정을 돌돌 말아
똑똑똑 떨어지는
작은 생명이고저....

어둠의 긴 터널에서
슬픔만을 먹고 자란 물안개
활짝 밝은 웃음꽃을 꽃피울 수 있을까

가슴을 치는 서러움도
괄시를 받는 소외감도
무리에서 쫓겨 난 외로움도
잃어버린 자존심에 흐느낄 줄이야

서성이던 바람결 한숨 돌리고
세월을 낚던 햇볕
깜박 졸다가 잠이 들면
부연(敷衍)의 풍경도
묵도를 한다

가까스로 꽃을 피우는 물안개
잎들에 떨림으로 낮빛을 붉히는데
촉촉이 젖은 이슬은
아직도 메마르지 않았다

작은 생명은
슬픔과 기쁨을
때로는 울분마저 삭이고 있었다.

광녀 (狂女)

처절한 애통은
웃음소리로 삭제되고 있었다

너무나 큰 서러움은
하도 기가 막혀서
울음 우는 것보다 차라리
웃어제끼는 것이 나으리라

알뜰히 꾸몄던 살림이
다른 계집이 새치기하는 바람에
미덥던 남편도 잃고
살림도 산산조각날 줄이야

시신경이 돌고 돌아
저잣거리로 내몰린 광녀는
아이들에게 둘러싸여
덩실덩실 춤을 추어댄다

여자는 여우처럼 영리하고
남자는 황소처럼 믿음직해야
무릇 탈이 없다고 했는데

여자같이 생긴 사내는
언젠가 바람 필 날이 있겠거니....

처절한 슬픔은
웃음소리로 삭제되고 있었다

과일나무

내가 심는 과일 나무에는
고통과 불행을 배제하고
행복으로 빚어진 과육(果肉)
사랑 찬 기쁨에 열매만을 맺고 싶다

슬픔에 겨워 괴로운 자가 있으면
몸과 마음을
기쁨으로 바꿀 수 있는 열매
분통에 겨워 속이 뒤틀린 자가 있다면
사랑으로 감싸 안아줄 수 있는 열매
그런 과일나무를 키우고 싶다

에덴의 동산에서
선악과 실과를 지정해놓고
아담과 하와에게
왜 시험에 들게 하셨는지
하느님의 의도가 매우 아리송하다

시험에서 은근히 자라난 죄의 뿌리
인간이 바라지 않았던
악의 그림자

선악과 실과를 따먹은 잘못 때문에
원죄의 인생살이가 고달프지 않은가

천대받고 괄시받고 버림받은 자들을 위하여
깨물면 용기가 생겨나고
패기가 넘칠 수 있도록
사랑으로 뭉치어진 과육
그런 과일 열매를 나는 키우고 싶은 것이다.

행복한 사람

눈이 있어도 볼 수 없는 사람
코가 있어도 숨쉬기 어려운 사람은
불행한 사람입니다

귀가 있어도 들을 수 없는 사람
입이 있어도 말하지 못하는 사람은
불행한 사람입니다

다리가 있어도 걷지 못하는 사람
손이 있어도 잡을 수 없는 사람은
불행한 사람입니다

눈, 귀, 입, 다리가 멀쩡한 나는
행복한 사람입니다

행복한 사람인 것을 알면서도
재물을 많이 갖고 있는 사람을 보면
공연히 탐이 나고
권세를 많이 갖고 있는 사람을 보면
욕심이 나고 부럽기도 합니다

모든 이념과 활동을 자제하고
이성의 제단 앞에 나를 시험해봅니다

탐욕에 빠져 시력을 잃게 되면
과욕에 빠져 걷지를 못한다면
나도 그렇게 변할 수 있다는 불길한 예감
차라리 멀쩡한 육신 소중히 챙기면서
소박하게 사는 것이 나의 생각입니다

그리운 어머니

불러보고 싶은 이름 하나
항상 정겹게
마음에 두고 산다.

어머니 이름 속에
고향 뜰 뜨락 같은
정다움이 깃들고

새벽 닭 울음소리 같은
가슴이 벅찬
그리움이 맴돈다.

해수병에 가르랑대던 숨소리
구메구메 흘리신 눈물
얼마나 괴롭고 답답하셨을까?

세월 발목에 잡혀 떠나신
다시 못 볼 그 모습
심중에 맺힌 이름 하나
어머니 -

향기(香氣)

벚꽃 향기 라일락 향기
들녘 꽃들이 피고 지고 나면
은근히 콧등을 찡하게 울리는 향기는
어머니의 향기이다

제아무리 꽃이 아름답다 할지라도
어머니의 미소를 따라 잡을 수 없고
꽃의 향기가 곱다 하더라도
어머니의 자상한 모정(母情)에
비할 수는 없다

어머니의 향기는
사시사철 피고 지는 것이 없으며
어머니 아름다운 사랑의 불꽃을
어느 꽃이 감히 대신할 수 있단 말인가.

영원히 시들지 않는 꽃이 있다면
어머니의 화사한 웃음꽃이며
그 다붓다붓한 향기는
세상에 둘도 없는 진주 같은 것이리라.

가볍게 살자

불쑥 다가서는 근심걱정
먼지 털 듯 훌훌 털어버리고
사뿐히 가볍게 살자

근심은 욕심에서 오는 것
모든 것을 다 벗어버리고
더도 말고 덜도 말고 이쯤에서
찌든 마음 깨끗이 하자

천년을 살겠는가?
몇 백 년을 살겠는가?
백년도 못사는 우리네 인생
몹쓸 성화에 왜
부대끼며 살아야하는가

쓸데없는 고집불통일랑
잠시 한 귀로 흘려보내고
좋은 생각 좋은 언어 골라가며
가볍게 사뿐히 살자.

제2부 - 목이 마른 햇볕

항아리

불가마에서 오짓물 사르며
탄생하는 고난의 역경
열도가 식고 한 점씩 선발할 때
가차 없이 파손되는 조각품
윤곽이 산뜻하지 못한 파편들이다.

차진 흙 돌돌 말아 빚은 모양새
볼수록 미더우면 타림질 으뜸이라
자기 몸 태워야 빛을 볼 수 있는가

약 달이듯 속이 타는 갈증
내 안에 나를 가두어
세상을 둘러보자니 뱅글뱅글 어지럽다.

내재(內在)된 슬픔이 밑동으로 뒹굴고
짓밟힌 육신이 다시 일떠서는 기립
윙윙윙-울어대는 바람소리 울림소리가
텅 빈 공간에서 메아리쳐
절여지는 세월 구메구메 꽃피려는가

벅찬 욕망 속 깊이 간직할 수 없고
헛헛한 늑골을 채울 수 없다면
딱- 벌린 입
차라리 하늘에 구름이라도 삼켜버려라.

*오짓물: 흙으로 만든 그릇에 발라 구우면 그릇에 윤기 나는 잿물

벼이삭

농부들에 땀방울이 알알이 맺힌
열매 송이와 송이들

숱하게 넘어졌다 눕혀졌다했던
뿌리 포기마다의 칠전팔기는
드디어 황금빛 물결로 파도가 일고

천고마비(天高馬肥)의 들녘
살포시 고개 숙인 네 모습은
낮은 자세로 자신의 자만심을
금제(禁制)하는가

잘 여문 벼이삭의 고개 숙임에서
우리는 깊이 깨우쳐야한다

권력도 명예도
재물도 욕심도
불타는 노을에 태워버리고

유혹의 껍질에서 벗어나
조용히 침묵하고 자숙하는 자세
참선에 깨우침
낮은 자세로 임하는 겸손을 배워야한다

인생살이

부모가 겪은 굶주림의 고통은
자식에게 창피스럽고
부끄러운 과거이거나
전설로 남을 뿐인가?

요즘 아이들은
악착스럽지 못하고 끈기가 없어
한탄스러울 수밖에

윗 어른 말씀 새겨들어도
살기 어려움에 큰 보탬이 될 터인데
젊은이들은 힘 안들이고
낭만의 조각들을 주워 모으고
그저 그러려니 하고 산다

인생살이라는 것은 자기의 시간을
어떻게 잘 활용했느냐에 따라서
성패의 판가름이나
의미, 무의미로 구분 짓는 것이 아닐까

젊어서 고생은 사서도 한다는데
생의 행로 생의 행선지가
책속에 길이 있거늘
어쩌자고 저 젊은이는
편한 직장만을 골라 헤메이는가.

애견의 종말

열여섯 살 먹은 애견 치와와
늙고 병든 몸을 보면
왠지 가슴이 찡하게 저며 온다.

몇 년 전만해도 그렇게 재빠르고
예쁘게 재롱떨던 모습
그 모습 오간데 없고
퇴행성관절염에다 백내장
비장암까지 겹쳤다하니 희망이 절벽이다.

제 딴에는 사력을 다해
대소변 가리려고
화장실 문턱을 넘고자하는데
관절염에 삭은 다리
오르지 못해 바둥바둥거린다

끝내고 싶은 지루한 삶의 연속
최후의 생명 줄을 붙잡고
애견 눈망울에 맺히는 눈물
햇빛 대하기도 귀찮은 모양이다.

짐승이나 사람이나
세월에 밀리다 보면 갈 곳이라고는
을씨년스럽고 썰렁한 저승 문 일뿐

현실을 받아들이기 벅차다면
차라리 안락사를 시켜야 되겠노라고
동물병원 입구에서 치와와를 붙잡고
조용히 십자가 성호를 그으며 기도를 한다

자식(子息)

내버려두었더니
제멋대로이다.

간섭을 하였더니
이유 없는 반항이다.

회초리를 들었더니
눈치가 구단이다.

옥이야 금이야
달래보아도
행실은 매한가지

정녕
자식이기는 부모는
없는 것일까.

종 울림

음률(音律)이 파랗게 부서지고 있다
낮은 곳에 머물지 않고
높은 곳을 향하여 방울방울 부서지고 있다.

고즈넉한 적막 핏기 없는 얼굴
절망의 늪에서
제 갈 길을 잃고
미아처럼 얼마나 망서렸는가.

드디어 침묵에서 탈옥한 종소리
속세의 한 모퉁이를 붙들고
애끓는 소원과 맞부딪치면서
소리의 꼬리가 꼬리를 물고
업보에 의한 세상사를 까집어 본다.

산산이 부서지는 웅장한 소리
날개 짓 하며 나르는 매 한 마리
여울지는 공기 속으로
마침표를 찍듯이 까마득히 멀어져 간다.

소나무

꺼뭇한 바위 틈새로
용트림하며 솟아난 소나무
말라버릴 듯한 이끼는
돌 밑동으로 피난 보낸 지 오래

새초롬한 새싹
세찬 풍파를 이겨내고
순종하듯 바람에 몸을 맡긴다

고슴도치 가시처럼
뜨끔한 솔잎
사시사철 푸르고
빛 한 점 흐트러짐이 없는데

방정맞은 웃음을 띄우며
솔방울을 쓰다듬는
바람의 손가락

공해를 즐기는 끈질긴 생명력
잡아당겨도
끄덕 없는 투지
마디마디 뻗쳐버린 팔

봉두난발한 바람은
교배 혼종을 꿈꾸며
독야청청 일편단심을
흩으려 놓으려고 안간힘을 쓰는가.

불나비

어둠이 하얗게 부서지고 있다.
어둠으로 하여
눈이 멀고 귀가 멀고
허우적거리는 불나방의 몸짓

절망의 벼랑 끝에서
오로지 바라는 것은
훤히 비치는 한줄기의 불빛

가로등 등불을 향하여 몸 전체가
파르르 떨면서
미친 듯이 춤을 춘다.

뜨거운 불빛 안에 들면
죽는다는 것을 뻔히 알면서도
파고드는 불나방의 날개

사무치는 그리움에 오그라드는 가슴
모든 생각들을
한곳에 묶어 놓고
기력을 잃고 추락할지라도

가로등 등불에 유혹되어
수 천만번 돌고 또 돈다

불빛에 온 몸을 던져
정열을 다 쏟아내는 안간힘은
추스릴 수 없는 사랑의 몸부림
불빛에 불나비가 부서지고 있다.

바람의 행방

서로 낯을 비비며
같이 껴안고 뒹굴어도
얼굴 한번 본적 없는 너

부드럽거나 억세거나
촉감은 확실히 느낄 수 있는데
투명한 유리판처럼
영영 볼 수가 없는 너

방금 흙먼지를 일으키며
지나간 자리가 역역한데
행방이 묘연하다하여
정체를 우기면 어쩔 셈인가

여인의 치맛자락에서도
나풀대는 풀잎에서도
바람이 분다, 불어

낭창한 나뭇잎에서도
머리카락 떨림에서도
바람이 인다, 일고 있어?

몸을 쌩쌩 휘날리며
바람이 휘젓고 다니는데
사람들은 어찌
시치미를 딱 떼고
보지 못했다고 우겨대는가?

복숭아 첫사랑

수액이 용트림하는 대로 뻗은 나뭇가지
초록 잎새 사이로 다글다글한 열매들이
능소화 빛 하늘 뭉게구름을 닮아
단내 향기에 벌 나비가 모여들고
겨냥하여 쏘아대는
햇살이 과육 언저리에 수혈을 한다.

먼 옛날 수줍었던 소녀의 앳된 얼굴
몽실몽실 차오르던 젖가슴처럼
잘 익은 복숭아를 만지면
애달던 첫사랑이 새록새록 생각이 난다.

감칠 맛 대굴대굴 돋구는 복숭아의 입맞춤
그 소녀의 입술처럼이나 향기롭고 부드러워
질식할 것 같은 황홀함의 극치
그날 밤 복숭아를 닮은 달무리가 무척 아름다웠다.

첫사랑은 물안개처럼 사라졌지만
내 손안에 숨 쉬는 한 알의 복숭아

쓰름매미 깽깽매미 시끌시끌 울어싸도
덥석 한입 베 어물고 비몽사몽
소녀와 포옹하던 그윽한 향기를 음미하련다.

한해 걸러 복숭아처럼 피어나듯
그 소녀가 다시 되돌아올 수 없을까?
잘 익은 복숭아 하나를 골라 만지작거리면서
가슴 한구석 도진 상흔을 살며시 박음질한다.

공중부양(空中浮揚)

공중부양하고 있는 가벼운 구름은
분명 하늘에서 꽃으로 피어나는
축하 화환이다.

산다는 것은
아름다운 꽃을 가꾸기 위한
정원 같은 것
생(生)은 걸작품을 꾸미는 작업

필요하면 움켜쥐고
필요치 않으면 놓아줄 줄 아는
그게 생(生)의 흔적이 아닌가

빌딩의 숲에서 일어난 삶은
어슷한 일상을 접고 또 접어
팽팽한 각도가 휘어지는 세월

높게 돌아앉은 푸른 하늘에
내 육신 구름처럼 공중부양 시켜
차라리 아름다운 화환으로 되돌리고 싶다.

그렇게

아무도 눈짓 한번 주지 않더라도
소망을 싹 틔우는 꽃처럼
그렇게 피고 싶어라.

아무리 밟아도 결코 시들지 않는
끈기 있고 대찬 잡초처럼
그렇게 버티고 싶어라.

외롭고 쓸쓸한 자리에
재미있게 대화하는 언어처럼
그렇게 떠들고 싶어라.

한낱 멀리 위치한 불꽃이지만
정녕 꺼질 수 없는 등대처럼
그렇게 빛나고 싶어라.

추위에 떨고 있는 생명체에게
따스한 온기를 불어 넣는 햇볕처럼
그렇게 살고 싶어라

사막

땡볕을 견디다 못한 돌맹이들이
알알이 부서져
널따란 모래밭을 이루웠는가

단지 사랑한다는 이유 하나로
지평을 가로질러야하는 책무
책무의 수행이 매우 버겁다

열사병에 휘둘린 현기증
쓰러질듯 말듯
푹푹 빠지는 발자국

태양이 뿜어대는 열기
까딱하면
지글지글 불고기 되어
모래판에 뒹굴판인데

시원하게 휴식을 취할
오아시스는 대체
어디메 어느 곳에 있는 것일까

달랑 수통에 걸어놓은
목숨 줄 하나
물이 떨어지면
질긴 목숨 줄도 떨어지는데

낙타를 타고 다가올
초인(超人)은
과연 언제쯤 오실셈인가?

바람과 나무

바람의 손가락이
나무의 팔을 세차게 잡아당긴다.
팽팽해진 나무는
이 손 못 놔
이 손 못 놔

바람은 시침을 뚝 떼고
척 척 척 가지들을 모아
고무줄 당기듯 또 잡아당긴다.

바람이 아니었다면 나무가
늘씬하게 성장할 수 있었을까

곱게 곱게 머리손질 하듯
이리저리 당겨주는 바람 때문에
멋지게 성장한 나무

훤칠하게 자란 나무들이
바람이 몸에 닿으면
쌀쌀맞게 시치미를 떼는 데

튕기지 마
튕기지 마

바람이 핑- 돌아
빙글빙글 맴을 돌다가
하늘로 치솟는 회오리가 된다
안녕! 이 고집쟁이야 -

스마트폰

북적이는 삶을 살면서
거미줄같이 얽혀버린 인연
열었다 덮었다 반복하면서
세상의 소식을 들어본다.

날렵한 전화기가 되었다가
금새 계산기로 둔갑하기도하고
때로는 찰칵 사진기가 되었다가
구성진 가요와 팝송을 쏟아낸다

세월이 끌고 간 자리에
보고 싶고 듣고 싶은 이야기
멈추어 서서 기다릴 줄 알았는데
밀고 당기는 스마트 폰 영상에
그리움만 남기고 훌쩍 떠나버렸다.

정처 없이 흐르는 강물처럼
하고 싶은 사연을 문자로 보냈더니
듣고 싶은 답장은 아니 오고
단절된 신호가 못마땅하다

애써 찍은 사진이나 글귀들이
연인에게 전해지면 좋으련만
어쩌다 정보가 유실될 수도 있는 법
직접 만나서 이야기 하는 것도
제일 안전한 전달방법이 아니겠는가.

시선(視線)

바라만 보아도
마냥 기분 좋은 사람아
눈짓 손짓 맞추기 위해
모조리 원안에 가둔다.

움직이면 가는대로
돌아가는 눈동자
누구를 좋아한다는 것은
내가 생생히 살아있다는 것

생각은 자유자재로
할 수 있기에
애착의 꿈에 잠기는데

달빛에 젖은 그림자
품었다 다시 놓는
그러다 또 다시
끌어안는 몸부림아

계절이 가면 꽃도 지고
잡을 수 없는 세월 앞에
그대가 내 곁에
머무는 시간도 아쉬워

안경을 맞추듯
눈에 꼭 맞는 틀을 짜서
아름다운 그 모습을
그 속에 영원히 가두고 싶다.

씨앗

뒤뜰을 삽으로 뒤엎고
괭이질로 고랑을 낸 후
촘촘히 뿌린 씨앗

흠뻑 맞은 장맛비에
상추, 마늘, 고추, 파
흙판이 꿈틀거린다
푸른 핏줄기 새싹이 움트는 것이다.

기운이 없는 자에게는
약이 되고
병든 자에게는 입맛을 돋구며
회복제가 되기까지 씨앗은
흙을 꽤 뚫고 버젓이 자라고 있다.

우습게 깔보았던 작은 씨앗
시름의 늪에서 절망의 늪에서
불끈 치솟는 용기
그 맑고 고운 새싹들이
빛으로 피어나고 있다.

제3부 - 까치발 승부차기

계단(階段)

높게 치솟은 빌딩들
한쪽 건물 모퉁이를 휘어 감고
빙글빙글 돌아 올라선 층층대 발판
올바르게 오르면 출세 길로 치닫겠지만
반측(反側)하면 즉시 퇴출당해야하는
삶에 여정이다

잔뜩 움츠리고 앞발을 치켜든 형상
포효(咆哮)하듯 울부짖는 소리는
타박타박 층계를 딛고 올라서는 군중들에 함성
쓸어질듯 말 듯 휘청거리는 자들을 위해
시간은 그들을 괄호 안에 묶고 있다

전깃불이 끌고 가는 그림자
헐떡이는 숨가쁜 호흡
납작 엎드린 바람에 행렬
올라서는 근육이 힘겨워 삐그덕댄다.

층층대의 발판을 비웃기라도 하듯
동력의 힘으로 오르락내리락 하는 승강기
승강기를 이용한 그림자들에 성과는
자신의 힘을 사용하지 않았기 때문에
시간과 세상이 인정하지 않는다

옳은 출세의 전철(前轍) 여정은
층층대를 오르다가 넘어지고 미끄러지면서
고통과 아픔과 함께 같이 상승한 자
그들만이 출세의 상패를 불끈 거머쥐고
오는 세월 가는 세상을 호령(號令) 하리라

다리미

반갑게 서로 포옹하자
팔 다리가 달아오르고
가슴이 뜨겁게 달아올랐다.

이글이글 타오르는 태양
사막의 신기루가 아른거리고
열풍에 부서지는 모래알
주름진 언덕 등짝이
삐딱하다

오아시스의 물웅덩이는
대체 어디쯤가야
볼 수 있을까?

정겨워 왈칵 껴안은 몸과 몸
껍질만 덩그러니 남아
흐트러지고 꾸겨진 것들을
반듯하게 각을 세우면서도
절절히 속을 태우는 가슴아

마음은 늘 헛헛하면서도
언제나 뜨거운 정을 잃지 않았다
그대는 느낄 수 있는가
두근두근 거리는
저 가슴에 불꽃을

벽시계

두 손으로 가슴을 쥐어뜯는
버릇을 가졌는가
일월(日月)에 걸린 맹세
혹시 약속을 어겼는가

잡을 수 없는 세상을
원 안에 가두고
한 고비 넘기면 세 고비
세 고비 넘기면 여섯 고비
열두 고비 넘기면 또 한 고비

가리키는 숫자 속에
기쁨도 슬픔도
고통에 아픔도
시간에 꼬리가 꼬리를 문다.

모든 생명체는
시간에 얽매여
한평생 생애가 끝이 나는데

숱한 목숨 줄이
벽에 매달려
재깍재깍 숨을 쉬는가

둥근 원 안에 여정은
빙글빙글 끝도 없이
억겁(億劫)의 세월을 쫓고 있다.

도장(圖章)

함부로 찍지 마라
무심코 찍다보면
풀지 못할 올가미에 네가 걸리고
뚫지 못할 벽속에 내가 갇힌다.

하늘이 무너져도
꼭 지켜야할 약속
그런 빈틈없는 맹세는
아예 하지 않는 게 좋다

새하얀 백지위에
입맞춤한 붉은 흔적 때문에
산도 무너지고
바다도 갈라지는데

철석같이 믿었던 신뢰
은행적금인들 안전하랴
땅 문서인들 안전하랴

그림 같은 시골풍경
도시의 숲으로 바뀐 것도
팔도 다리도 없는 저 직인(職印) 한 점
.... !
꼭 눌러야만 했었을까?

인생살이를 살아가면서
함부로 판단하지 말고
비판하지도 말고
서로 약속하지도 말라.

몹시 외로울 때

부글부글 끓어오르던 기포(氣泡)가
몽땅 사그라진 것처럼

비상하던 날갯죽지에
이상이 생긴 것처럼

총총히 가던 시간이
갑자기 멈추어버린 것처럼

누군가와 마주앉아
이런 얘기 저런 얘기하면서
오순도순 정을 나누고 싶은데
아무도 없는 썰렁한 분위기

우수수 낙엽을 몰고 가는
바람의 촉감을 느끼고 있는 것처럼

아무리 꽉 움켜 쥐어도
손가락 사이로 햇볕이 빠져나가는 것처럼
몹시 외롭다.

무제

맑은 물방울을 튀기면
빛은 알알이 보석이 되고

물오른 나뭇가지에 닿으면
초롱초롱 꽃으로 피어난다.

빛은
모든 물체와 인연을 맺고
생명체는
인고(忍苦)의 탄생을 축복받고자
다투어 사랑을 끌어안는다

해 울음 걷힐 무렵
반짝이는 가로등 언저리
불나비들이
빛의 삼매경에 왜 빠져드는가

귀소본능(歸巢本能)의 몸짓
빛 속에서 불나비가 태어났고
빛 속으로 사라질 뿐이다.

돌탑

후미진 산골 외딴집 앞뜰에
우뚝 치솟은 돌탑
누가 정성들여 쌓았을까?

마음 한 점, 돌 한 점
이리 굴리고
저리 맞추어
무언가 갈망하는 절박한 꿈을
저리도 하늘높이 닿게 했을까.

담 밑으로 졸졸 흐르는 옹달샘
산짐승 들짐승
다람쥐 청설모까지 쉬었다가고
지나는 길손 갈증도 풀어주는데

자식 잘되기를 바라는
부모님 강녕하시기를 바라는 소원
서로 얽히고설킨
인맥의 안녕을 위해
빌고 또 빌며 탑을 쌓았겠지

어디 바라는 마음이 그뿐이겠는가
숱한 생존의 아픔을 두 손에 모아
간절히 간구하였을 기원과 기도

내 소원은 오직
나를 아는 사람들이 모두
내세에 영혼이 구원받기를 원하는 마음
탑을 어루만지며 합장을 한다.

모기

몹시 누추한 곳에서
지독한 악취에 숨을 헐떡이며
꿈틀꿈틀 생명의 끈을 엮었다.

지하 터널 속에서 빠져나와
날개를 펴는 날
하늘이 돈짝 만해 보이도록 기뻤지만
출생신분은 속일 수가 없었다.

휘둘러대는 파리채의 채찍질
에프킬라 분무기 발사
빙글빙글 도는 현기증과
온몸이 쪼그라드는 듯한 통증
이곳저곳을 다니며 숨바꼭질해야만
간신히 목숨을 부지할 수 있었다.

떼를 쓴다고
멸시와 구박을 피할 수 있을까

포동포동한 살점
깡다구 좋게 일침을 가해
흡혈로 배고픔을 달래던 중
손바닥과 살점이 마주치는 저 소리
딱! 딱!

그의 생애가 끝났다고 하여
죽음을 슬퍼해주기는 커녕
오히려 잘된 일이라고
모두들 거들떠보지도 않았다.

땅의 분노

광야의 넓은 땅이
지친 듯 안간힘을 쓰고 있다
하늘이 무거워서가 아니다.

땅을 덮고 있는 빌딩의 숲과 숲
세멘트 벽과 벽
거미줄처럼 곳곳에 널려있는
아스팔트길과 길

오늘날
현대 산업화의 물결이
땅의 숨통을 조이고 있기 때문이다.

화산의 폭발로
지각변동을 알려주었건만
모른 채 아랑곳하지 않는 인간들
때문에 지진의 강도를 높힌 것이리라

분노한 땅은
인간의 숱한 생명을 삼켜버리고
수많은 이재민을 표출시켰건만
그래도 욕심 찬 인간들은
곧 무너질 것을 알면서도
땅에 거대한 건축물을 세우고 있다

땅이 분노한다
지진에 강도를 더욱더 높여
인간의 생명을 위협하겠노라고

자전거

몰아치는 바람결을 닮아
두 바퀴의 돌림속도가
빠르고 숨 가쁘다.

먼 거리에 여정은 몰라도
짧은 거리의 왕래에서
자전거의 기동력보다
기똥찬 것이 또 있을까

숨죽이며 달음질치는 페달
목덜미를 스치는 시원한 마파람
두 다리에 불끈 힘줄이 돋는
근육에 굴곡

기름 한 방울 나지 않는
이 땅 이 조국에서
자전거의 활기찬 임무는
과연 칭송받을 만하다.

세차게 페달을 밟고 치달리면
검은 내 그림자가 뒤처지고
핸들 브레이크를 꽉 움켜쥐면
그림자는 제풀에 우뚝 선다.

자전거의 줄기찬 주행속도는
건강에 좋은 운동이 되며
국력을 가늠하는 에너지
조국의 힘찬 원동력이 아닌가

설(雪)

간밤에 눈이 내려
대지를 하얗게 덮어버렸다.

발가벗은 겨울나무가 부끄러워
눈이 내린 것도 아니고
겨울 칼바람이 매서워
설이 내린 것도 아니리라

검고 때 묻은 것들이 민망하여
보다 못한 하늘이
눈을 흠뻑 뿌려
끝내 세상 껍질을 소복단장시킨 것

마음이 깨끗한 자만이
맨 처음 하얀 눈을
밟을 수 있다고 했다.

부끄러운 일을 저지른 자가
처음 눈을 밟는다면
눈이 꽝꽝 얼고
눈보라가 친다고 했는데

눈처럼 깨끗이 살라고
눈이 눈부시게 반짝인다.

과연 여명으로 치닫는 새벽
한 치의 거리낌도 없이
처음 눈을 밟을 자는 누구인가?

내일(來日)

앞으로 다가올 내일은
새로 지표(指標)를 여는
미래의 희망찬 하루이다.

미련 없이 어제를 보내고
현실에서 도약하는 뜀틀
달리는 몸매에 날개를 단다.

서서히 벗겨지는 어둠의 껍질
동녘 수평선에 꿈틀대는 내일

오는 것 막지 말며
가는 것 잡지 말라.

과거는 어둠 속으로 멀어지고
새벽은 느낌표로
새롭게 단장하는데
세월의 너울 속에서
오늘이 내일 문턱을 두드린다.

오고 만나고
또 헤어져야하는
시간의 교차로에서
하루를 잘못 보냈다고
후회하고 뉘우친다면
과거는 다시 내일로 다가올 것이다.

냉장고

어느 집에서나
얕잡아 볼 수 없는 것은
말없이 우뚝 서있는 냉장고

감칠맛 돋구는 음식물
상하지 않도록 보관하려면
냉장실에 위력을 빌려야한다.

몇 일전에 전기가 단절되어
냉장고가 작동을 멈추어버렸고
신선도를 잃어버린 과일과 음식들

그 후로부터 가끔
저 공급처가 폭파되면 어쩌나 싶어
신경선이
머리카락 엉키듯 어수선하다.

냉장실에 놓인 반찬
이 그릇 저 그릇에 담겨
맛 자랑을 하는데
장조림이 제일이라고 떠들어댄다

삼시세끼 식사를 할 때
때깔 좋게 차려지는 반찬
맛깔스러운 맛을 유지하려면
말없는 냉장고의 존재가 막중하다.

수술대기 중

마취과 인턴의 말
“환자분! 여기 서명하십시오,
마취할 때 쇼크로 사망할 수도 있습니다.!”
“ ....! ”
나는 간이 콩알만 해졌다.

“수술하다가 환자가 사망할 경우
병원에서 책임지지 않습니다.”
“ ....! ”
나는 어안이 벙벙하였다.

“수술하다가 암세포가 전이 됐을 경우
절개했던 자리를 봉해버릴 수도 있습니다.!”
....! "
나는 완전히 얼어버렸다
.
“수술시간은 열시간정도, 로봇수술이 아니고
개복수술이라 영 못 깨어날 수도 있습니다.”
" ....! "
나는 눈만 껌벅껌벅 하였다.

"무서워서 어디 서명하겠오?"
"그럼 수술 못하시는 겁니다. 암이 더 퍼져
악화되어도 병원에서는 책임이 없습니다!"
" .... ! "

"도대체 나를 죽일 셈이요. 살릴 셈이요?"
"환자를 살리기 위해 수술하는 건데
잘될 수도 있고 못될 수도 있다는 겁니다.
! .... ! "

달맞이 꽃

보잘것없는 한 톨의 꽃씨가
돌개바람에 나부끼다가
양지바른 언덕에 둥지를 틀었다.

낮에는 눈부신 햇살이 역겨워
눈을 감고 귀를 막고
다소곳이 움츠리는
꽃의 스산한 외로움

밤이 되면 곱게 분단장하고
님 맞이 준비를 하는데
구름사이로 얼굴을 내미는 달님
수줍은 듯 서로 망설이다가
꽃이 환한 표정으로 미소를 짓는다.

달님을 사모하는 마음
얼마나 가슴에 한이 맺혔기에
으스름 새벽 먼동이 틀 때까지
달님 따라 고개를 숙이시는가.

별빛

땅거미가 질 때부터
먼동이 틀 무렵까지
총총히 바라보는 눈빛

누굴 찾으시는 건가?
가슴에 저미는 그리움
달빛에 적셔버리고

반짝이는 눈망울이
야린 사랑으로 속앓이 할 때
밤에 침묵이 아슬하다

백년이고 천년이고
밤하늘 한 켠에 앉아
뚫어지게 쳐다보는 빛살은

뉘라서 아실는지
해가 뜨면 어김없이
사라지는 별의 모습아

그림자 하나

언제부터인가 둘이서
같이 가자고 약속하였습니다.

깨어있는 햇볕에
하나는 둘이 되고
졸고 있는 어둠에
둘이 하나가 됐을 때
그대가 나를 버렸는가 싶어
겁이 덜컥 나기도 했습니다.

홀로 있는 다는 것은
외로움에 떨어야할 몸부림
약속을 어길 그대가 아니기에
빛으로 줄달음치면 나를 찾겠지

밤에는 깊은 잠에 빠져
그대와 떨어져있다 할지라도
아침이면 어김없이
나는 그대 곁에 나타납니다.

제4부 - 아리송한 인생살이

간이역(簡易驛)

한껏 시간(時間)을 박차며
숨 가삐 달려온 완행열차의 여정(旅程)

철로를 따라 뜀박질하던 줄달음도
오래하면 숨이 차고 여독(旅毒)이 쌓이기 마련
좀스런 간이역에 잠시 한숨을 돌린다.

두서너 명쯤 내리는 승객 때문에
역(驛) 창가로 스며든 햇살이 선잠을 깨고
적적했던 코스모스가 반가워 방긋 웃음 짓는데
심통 난 칼바람이 역 마당을 휘젓는다.

오랜 세월 끝에 삭아버린
간이역의 초라한 모습
동맥이 툭툭 터져버릴 듯한 기둥이 옆으로 휘였고
세멘바닥과 판자 쪽 박힌 틈 사이로
하나, 둘, 개미군단이 줄지어 행진한다.

간이역(簡易驛) 뚝방 둔덕에
굵다란 철로 철근토막이 나뒹굴고
철로를 받히던 나무토막 받힘대
벌레가 갉아먹고 푸석푸석 살점이 묻어나
역무원(驛務員) 안경 도수(度數)가 의심스럽다.

눈물 젖은 향수(鄕愁)가
간이역 주변을 감싸 도는데
고물이 다된 완행열차의
운행이 정지(停止) 된다면
지도상에 흔적을 남긴 간이역의 이름도
머지않아 영영 물안개처럼 사라지고 말 것인가.

내 인생

배고파 　짓씹고 단물만 빨던 수수깡 대
옛 성벽 돌 틈새 붙잡고 오르내리던 모험심
구슬치기하다 잃으면
떼를 써서 빼앗고
고추잠자리 잡으려고 맴을 돌다
발가벗고 냇가에서 물을 끼얹던 아이
내 유년시절이다.

시(詩) 쓴답시고 사랑채에서 두문불출(杜門不出)
문화원에서 개인 시화전 개최했건만
장미꽃 붉은 의미가 사랑의 속앓이인 것을
햇병아리같이 몰랐다

월남전에 참전하여 한목숨 걸고
빈곤을 겨냥했으나
죽을 고비 수차례 살아온 것만 다행이더라
내 청년시절이다.

눈 비 맞으며 바삐 살아온 하루
가락시장 기도상회 운영
별보고 나갔다가
별보고 돌아온 삶의 몸부림
세월은 자꾸 서쪽으로 도망치더라
내 중년시절이다

이 풍진 세상을 애써 살아온 보람은
빠듯한 자금으로 지은 5층집 한 채
시(詩)를 벗 삼아 한나절 소일하니
삐그덕 대는 걸음걸이가
병원문턱 드나들어도 견딜만하단다.
내 노년시절이다

벗과 나

내가 벗하고 싶은 사람은
언제나 일편단심
대나무 같은 사람이었으면 좋겠다.

내가 벗하고 싶은 사람은
마음씨가 넓고 넓은
바다 같은 사람이었으면 좋겠다.

내가 벗하고 싶은 사람은
어둠을 훤히 밝히는
태양 같은 사람이었으면 좋겠다.

내가 벗하고 싶은 사람은
갈증을 해소시켜주는
단비 같은 사람이었으면 좋겠다.

내가 벗하고 싶은 사람은
시원하게 불어주는
바람 같은 사람이었으면 좋겠다.

내가 벗하고 싶은 사람은
사시사철 변하지 않는
소나무 같은 사람이었으면 좋겠다.

내가 벗하고 싶은 사람은
달래주고 어루만져주는
어머니 같은 사람이었으면 좋겠다.

지금 내가 벗하고 있는 사람은
언제나 나와 길을 같이 가고 있는
내 생의 반려자임을 고백합니다.

보도블록

엎드린 채 밟히고 있다
모래흙이 비집고 나오지 못하도록
그물망처럼 꼭 껴안은 채 밟히고 있다.

땅속에 얼굴을 묻고
등짝이 부서져라 짓밟히고 있지만
그것이 그의 임무
자존심 같은 것은 아예 버린 지 오래

나를 통해 만날 수 있는 사람들
서로 사랑할 수 있다면
등이 뭉개질지라도
그것으로 족하다.

추우면 어떠하랴
더우면 어떠하랴
몸이 젖으면 어떠하랴

눈물샘이 말라붙어
마냥 괴로워도 울 수가 없고
그냥 엎드려
가슴을 쥐어뜯을 뿐

온몸이 나른하다
나의 수명이 다돼버리면
홀랑 벗겨버리고
다른 친구가 대신 깔리겠지

밟히는 삶의 무게가 무겁다.

보고 싶은 얼굴

가난에 쫓기며 살아오셨던 아버님
수심 찬 모습을 떠 올리면
눈물이 핑 돌 때가 있습니다

해수병에 가르랑대시던 어머님
잦은 기침소리를 기억하면
가슴이 저며 올 때가 있습니다

술에 취해 비틀대시던 큰형님
머리 하얀 뒷모습을 떠올리면
눈물이 핑 돌 때가 있습니다

집안 살림에 원동력이 되셨던
큰 누님과 작은 누님
엄하고 인자하시던 누님들을 생각하면
고마워 감사드릴 때가 있습니다

전쟁터에서 구사일생으로 돌아온 작은형
도시락 싸들고 웃던 얼굴 떠올리면
콧등이 찡할 때가 있습니다

찬바람에 우는 겨울나무
부모님은 오래전, 큰형과 작은형은
두서너 해 작고하셨지만

떠난 자는 말이 없고 애잔한 자취만 남아
뼈를 깎는 골곡의 세월
꽝꽝 얼어붙은 시간의 둘레에서
그리움의 향수만 향불처럼 피어오릅니다.

물(水)

앞을 가로막는다하여 멈출 수는 없다
날개가 꺾일지라도 틈새로
높은 뚝도 뛰어 넘어
햇살을 딛고 미끄럼 타는 물줄기

구겨진 몸을 이리 비틀고 저리 비틀어
꼿꼿이 뻗어나간 늘씬한 몸매
이쪽의 아픔과
저쪽의 고통이 맞서
서로 얼싸안고 반겼을 때
피부색으로 감별한다

흙먼지를 뒤집어쓰고 넘어온
흙탕물
돌과 모래를 사뿐히 건너뛰고 온
맑은 물
하얀 비늘을 번쩍이며 용솟음치는 물고기
모든 생명체는 물과 연을 맺고 있다

폭우가 휘몰아치는 장마철에
흙더미나 물속에 빠진 원혼들
그대는 들었는가
폭포수에서 아우성치는 굉음을

각처에서 모여든 물줄기가 강을 이루고
깃털처럼 가볍게 떠도는
하얀 구름
구름 가듯 물가 듯
파도치는 물결이여
연락선 뱃길 따라 파랗게 물보라가 인다.

물의 본성

그의 값어치는
가장 싸고 가장 비싸며
가장 흔하고 가장 귀하다

그의 모양새는
가장 다각적이고 다양하며
가장 늘씬하고 뚱뚱하다.

씻을 때나 식사할 때
그가 없으면 아무런 소용도 없어

수도 밸브를 열고 그를 출현시키면
모든 것이 정상적으로 돌아가지만
공급에 차질이 생기면 매우 위험하다

그의 애교스런 미소는
커피 잔에서도 술잔에서도
소용돌이치며 쌩긋 웃는다,

찡그리지 마라
사는 것이 어렵다고 투덜대면
그가 성난 폭우 되어 휘저을 텐데

가장 작은 방울에서
불어난 몸집
바닷가 수평선이 광활한데

어찌 힘이 없다고 비웃고
가늘다고 얕잡아 보며
흔하다고 업신여기는가?

바둑 전선

사귀에 백마장수(白馬將帥)두필과
흑마장수(黑馬將帥) 두필이 단단히 진을 치고
적진을 향하여 돌격을 한다..

질풍처럼 중앙선을 침범하는 흑마병정
백마는 사귀 흑마장수를 거점으로
화살을 쏘아대며 맹공격을 퍼붓는다.

엎치락 뒤치락
흑과 백이 싸움을 벌일 때
손자병법을 터득한 고수의 두뇌가 번쩍
눈 목자(目字)로 후퇴하라고 명령한다.

상대편이 도망친다하여
무조건 뒤쫒는 것은 위험한 발상

점선을 따라 날 일자(日字)로 선 백마
흑 병정들 앞길이 트이자
신난 듯 진격을 거듭하지만
갑자기 다가서는 복병
흑 대마가 백마의 포위망에 걸려들었다

밭 전자(田字)로 탈출을 시도해본들
추풍낙엽처럼 떨어지는 흑마병정
승전고를 울리는 북소리
백마의 사기가 하늘을 찌른다

이 전투상황은 옛날
번번이 침범해 왔던 오랑캐 여진족과
백마 고구려군사들이 걸핏하면 싸워온
고도의 손자병법 전술이었음을 밝힌다.

사과나무

억겁(億劫)세월을 돌고 돌아도
해후의 그리움은 핑크빛으로 물들다

진초록 활짝 열어 제치고
뙤약볕에 끄슬린 과육이
핏방울 방울지듯
주렁주렁 미망(彌望)을 불사르는데

허공을 찢어버릴 듯한 발톱
매 한 마리가 세상을 쪼아 삼킬 듯
헛헛한 허기를 채운다

낭창한 줄기마다 떨리는 흔들림
소식 전할 바람은 입을 다물고
팔랑개비 돌아가듯 떨어지는 낙엽
떠나야할 해후의 여정은
피안의 거리보다도 까마득하다

추풍에 다소곳이 옷을 벗는 사과나무
빨갛게 달아오른 몸매에 낯을 붉힌다.

거울 안 겨울

팽그르르
낙엽이 떨어지자
사람들이 단풍놀이 한답시고
북적이며 야단법석을 떨었다.

팽그르르
가을이 떨어지자
이번에는
절름절름 목발을 짚고
겨울이 다가왔다.

거울 앞에 선 겨울
뻥 뚫린 길거리가 싸늘한데
얼음 속에 갇혀버린 듯
짐승도 사람도 거울 속에서
영 나오지를 않는다.

봄 처녀 재 오심이
언제쯤
거울 안 겨울에 비출까.

차례상

양쪽으로 촛대가 꽂혀지고
조상님께 받혀지는 제물들이
진수성찬으로 가득 채워졌다.

차례상 앞에서부터
사과 배 곶감 대추, 과일들이
잔뜩 진을 치고
그 뒤로는 팔뚝만한 조기 한 마리
쇠고기 산적이 놓이고

옆에는 인절미 송기떡 콩가루 떡
두부 콩나물 고사리가 제기 접시에 담기고
떡국에다 수저를 꽂고
저분을 세 번 울린 후
향불연기에 술잔을 세 번 돌리면서
조상님께 두 번 반 큰절을 올린다.

인자하셨던 할배 할머니의 모습이 떠오르고
엄하셨던 아버님의 얼굴
다정하셨던 어머님의 목소리

대대로 이어온 조상의 뿌리가
차례상 언저리를 휘감고 돈다.

차례 절이 끝나면
조상님들이 모였다 잠시 쉬어 가시라고
촛불을 십 여 분간 끄지 않고 놔두는데
철없는 손자 아가들이 차례상을 넘보며
마른침을 꿀떡꿀떡 삼킨다.

철로길 같은 국회의원

출발 시점에서부터
평행선으로 달리는 두 고집
항상 거리를 사이에 두고
서로 응시하며 다투어야 하는 직성

같이 나란히 있으면서도
서로 껴안을 수 없는 위치
서로 잘났다고 삿대질 해대며
떠들어대는 입씨름이 한탄스럽다.

자갈밭 달구는 뜨거운 불볕더위
열기가 아지랑이처럼 아롱대는데
기염(氣焰)을 토하며
허공을 가르는 기차

잽싸게 기차가 달리듯
민생 법안은
속히 처리 되어야한다

의견 조율을 하지 못하고
먼지만 뽀얗게 쌓이는 서류뭉치

무방치, 무관심,
놀고 빈둥대는 국회의원
국세 낭비에다 봉급은
어이 챙기시는가.

커피

커피 잔을 기울이다 보면
먼 옛날 월남 참전 시
커피를 먹던 기억이 새롭다

잠간 졸음은
평생을 망칠 수 있다는
고속도로의 문구(文句)처럼

전쟁 시 졸음은
나 혼자의 죽음보다
분대원 생명까지 지켜야하는
불침번에 막중한 임무
커피가루를 입안에 털어 넣고
꿀꺽꿀꺽 물을 마신다.

오로지 잠을 쫒기 위해 ....

커피는 조용한 분위기에서
휴식을 달래가며
즐기는 기호품이기도 하지만

세밀히 분석해보면
자율신경 촉진제이기도하다.

적당히 커피를 이용하면
생활의 활력소
생명을 연장시키는
장수비결의 불로식품(不老食品)이 아닌가?

내 아내

당신은 내게
튼튼한 버팀목이 되고 있다

홀로 서 있기가 힘들어
당신을 의지하고 선 나
같이 살아오면서
내가 당신에게 기울고 있다

당신이 베푼 사랑
따듯한 손길과 배려가
나에 빈곳을 채우며
하루해를 맞이하고 있는데

당신은 나를
당연히 보필해야 된다는
눈물겨운 생각
그 행동이 얼마나 힘겨울까

고마운 마음에 다소곳이
하느님께 기도드린다.

커피포트

칙칙 폭폭 칙칙 폭폭
주둥이에서 수증기를
뿜어대면서
뚜껑이 들썩들썩
불판에서 열차가 달린다

열차는 주방을 한 바퀴
천천히 돈 다음
커피 잔에
뜨거운 물을 토해 넣고
쓰고 달콤한 한잔의
커피를 만들어낸다

은은한 향기에 취해
음미하며 마시는 커피 맛
흐트러진 뇌리 속 반짝
백열등이 켜지는 순간이다.

아카시아 꽃

겨우내 쌀쌀맞던 고통은
작은 우주 속으로

휘영청 가로수 되어
밝은 웃음 정답게 띄우고

오월의 짙은 향기가
물씬 향수를 자극하는데

나뭇가지 사이사이로
쏙쏙 솟아난 가시가 매섭다

단맛 새콤한 아카시아 꽃
노을 밭 비껴 허기를 채우고

봄철 빨갛게 불타는 정열
그리움에 사무치면

먼 고향 슬픈 소식이
바람에 후두둑 여울지는가

이웃 철쭉꽃 벚꽃놀이
축제로 한바탕 시끌벅적

새초롬히 쌀쌀맞은 고독
채이는 빗방울 하도 서러워

꽃그늘 마음 곁에
눠라서 머물다 가시는가.

폭포수

꿈은 허상이요 현실은 냉혹한 실체
현실의 각박한 압박에서
탈출할 수 있는 돌파구는 비천밖에 없는가

두루두루 물보라를 일으키며
머나먼 길을 마다않고
굽이굽이 돌아왔건만
불현 듯 토사곽란 식
시간의 추락은 왜 이리도 허망한가

어떤 원한을 풀지 못해
저리도 애달피
가슴 쥐어뜯으며 뜯으며
오늘도 낙루의 울음을 터트리는가
포말의 거품을 물고
바위를 뚫어버릴 듯이
부딪쳐 요란하게 소리치는 아우성은

도대체
누구의 절규이며
어떤 의미에 함성인가.

제5부 - 고달픈 생의 흔적

흔적(痕迹)

그림자처럼 몇 십 년 함께한 아내가
갑자기 세상을 떠났을 때
모든 행동과 시간이 한순간에 뚝 - !

빙글빙글 맴을 도는 듯한 현기증(眩氣症)
울컥 북받치는 슬픔과 외로움에
지난 추억들이 범벅이 되어 앞을 가리다
세상이 온통 낯설어 보인다.

가슴 저미는 고통(苦痛)을 감수하고
끈적끈적한 정(情)을 떼어놓으려는 안간힘
상처가 태산(泰山) 같이 크다.

평생(平生) 같이 있어줄 줄 알았던 믿음
정신마저 몽땅 빼앗아가고
귀엔 듯 눈엔 듯 입술엔 듯
애써 잊으려고 발버둥 쳐본다한들
바람에 우는 그 자리 빈 소주병만 덩그렁

잎이 떠나고 메마른 체념(諦念)의 삭정이들
희로애락 생의 감정도 시들어 헷갈리다
병마(病魔) 그물망에 걸려든 우울증
약 없이는 밤잠을 하얗게 설쳐야한다.

연어처럼 되돌아올 수는 없는 것일까
나타날 것만 같은 몽환(夢幻)의 꿈
예전 그대로인 주방에 들려
칼질하던 도마, 설거지했던 그릇
때 묻은 아내의 흔적들을 소중히 쓰다듬는다.

담배

한순간 입맞춤을 위해
수없이 버려진 생명들
불꽃에 멍든 자리 흙터가 까맣다.

심호흡에 허공으로 뿜어낸
생각과 연기
깊은 고뇌와 갈등
가물가물 현기증으로 맴돈다.

빠지직-
오장육부 터져버릴 것만 같은
반 토막 삭신
검지와 중지에서 추락할 때
무지막한 구둣발이
사정없이 짓밟는다.

연기 흩어지듯 잊혀져가는 얼굴들
아릿아릿한 상처
기억의 좌표로 남아
살인협의자로 낙인찍힌 지 오래

많은 질병을 유발시킨 탓으로
마침내 지구상에서
영원히 사라져야할 운명

호기심 때문에
충동심 때문에
너와 입맞춤했던 행동이
사선(死線)의 징검다리를 넘나들 줄이야.

고목(古木)

고목이 되어버린 괴목
생명의 윤기가 띄엄띄엄
앙상한 가지 끝에 겨우 매달려
까마득히 지난 낭만의 기억들을
주워 담는다.

뿌리에서 간간히 들리는 심호흡
바람소리에 묻혀 어정쩡한데
노환으로 가라앉은 앙금 때문에
올 한 해 넘기기가 벅차다는
진맥을 받았다

논두렁너머 곡식 여무는 소리
가을이 오고 있음을 알리고
한해가 지고 있다는 적막감
고목은 다정한 눈빛으로
주위를 둘러본다.

이백년쯤 잘 버텨온 고목
이웃집 사정 익히 꿰뚫고
자주 놀러왔던 동네식구
수백 번 바뀌어 추억이 산더미 같은데

성숙해져가고 있는 영혼의 한 자락
지나간 일들을 몹시 그리워하며
다시 못 올 구천(九泉) 길목에서
시끌벅적 까치와 참새들에
서글픈 하직인사를 듣는다.

거짓말 속임수

거짓말을 거리낌 없이 하다보면
습관이 되고 사기성이 배여
굽이굽이 양심의 줄기도 휘어버린다

달콤한 말로 입 놀리면
진실된 격언마저도
귀 거슬리고 호감도 없어지는 법
당장 거짓 속임수에 빠지고 만다

적을 알면 이길 수 있다는 손자병법
그 병법이 철저히 짜여있다 할지라도
속임수에는 대적하기가 어려운데
인간이 얼마나 어리석으면
마술 손동작에
감탄하면서 넋을 잃을까?

속임수는 부정과 내통하면서
높은 자리를 견고히 다져
야금야금 변칙적인 수법으로
정의로운 제단을 기필코 허물고 만다.

약속 지킬 듯 꾀어맞추는 변명
하루도 안 지나서 거짓말 들통 나고
책임추궁하면
시침 떼고 모르쇠로 일관

화투장 타짜꾼 손재주에도
끗발이 추풍낙엽처럼 떨어지는데
세상에 법이 있고 눈이 있다하여도
거짓 속임수를 당해낼 자는 과연 누구일까.

거미줄 그네타기

획 획 획- 바람이 불어대니
거미줄 그네가 출렁거렸다.

붕 - 떠올라
밤나무 잎새 흔들어대고
더 높게 치솟아
하늘이냐 땅이냐
몇 바퀴 댓잎치고 돌다가
거미가 큰소리쳐본다.

슈퍼맨이 따로 있나
새처럼 나도 나를 수 있다고
그때 까마귀가 나무에 내려앉았다
노려보던 까마귀
"어디 한번 올라와 봐라
꿀꺽 삼켜버릴 테니까"

신나게 밀고 당기던 바람
상황 위험 눈치 채고
쥐 죽은 듯
종적을 감추었다.

거미줄이 멈추어 서자
까마귀 하는 말
제기랄, 나보다 먼저 본
놈이 또 따로 있었나?

그림자

빛을 철저히 차단하면서
검은 모습으로 달려드는 너

빛이 비춰는 각도에 따라
거리를 누빈 이력만큼
그림자는 작기도 하고 크기도하다.

돌 뿌리에 걸려 넘어질 때
짓눌려 포개지는 소리
어둠과 빛은 같은 형제일까?
햇볕이 쨍쨍한 정오
우뚝 멈추어 선 물체는
오로지 흑점(黑點)을 하나 남길 뿐인데

햇살을 동강낸 석양 무렵
장대처럼 그림자가 길게 드러누워
노숙의 시간을 묶어놓고

어쩌자고
세월의 한 자락 멍석말이를 하시는가.

행복

꽃이 피듯 잠시 피었다가
꽃이 지듯 함께 사라지는
행복은
마치 바람 같은 것

붙잡으려고 애써 보아도
슬며시 느끼는 촉감일 뿐

그물망 빠져 나가듯
자취도 없이 사라져버리는
행복은
욕심 없는 초심으로 돌아설 때
빙그레 살아나는
작은 미소.

어려운 일이나
힘든 일이나
인생의 생존수단은
미소로 맞서야 쉽게 풀린다.

그믐달

눈썹이 유난히 하얗다.
긴 머리 풀어제친 웬 여인이
가까이서 뚫어져라
바라보고 있는 것 같아 섬뜩하다.

음침하고 스산한 밤하늘
그믐달이 날카로운 비수가 되어
먹구름을 조각내면서
나뭇가지를 동강내고 있다.

소름이 쫙 끼친다.
검은 갓에다 도포를 입은 혼령이
키득키득
비웃고 있는 것 같아 섬짓한데

별들이 우수수 떨어진다
이번에는 하얀 구름이
치맛자락을 펄럭이며
낭낭한 곡소리가 들리고
울긋불긋 상여 떠나는 모습도 보인다

환상이 생시처럼 또렷하다.

상현달이 젊음이라면
하연달은 늙은 비애
활짝 망상을 털어내고
휘영청 환한 보름달이 보고 싶다.

파도(波濤)의 의미

굳이 원치 않으면서도
강물을 꿀꺽꿀꺽 삼켜야하는 바다는
엊그제 겪었던 일만은 아니었으리라.

태초 오래전부터
육지에 고이는 슬픔의 사연들을 모아
강물이 껴안고 흐르다가
해수(海水)의 늑골로 파고들어
마침내 바다가 심호흡을 하고 있는 것

저 멀리 수평선에서부터 밀어닥치는
해류의 등줄기가 꾸불꾸불 물결쳐
해안의 언덕도 맥없이 허물어진다.

해암에 엉겨 붙은 원혼들을 달래려고
해풍이 물보라를 일으키면서
묵묵히 속 시원히 살풀이 하는가

새로운 마음 새로운 기분으로
드넓은 수평선을 쓰다듬으며
바다는 오랜만에 휴식을 취하고자 하는데

안으로 맷돌처럼 무겁게 가라앉은 서러움이
포말에 거품을 입에 잔뜩 물고
철석 철석 파도치는 아우성은

대관절(大關節)
누구의 한 맺힌 탄식이며
누구의 몸부림이란 말인가.

하늘의 분노

갈증 겨워 실핏줄처럼 갈라진 땅
농작물들이 기진하여 타들어가도
가뭄의 피해를 아랑곳하지 않는 하늘

뙤약볕 더위가 갑자기 뒤바뀌고
난데없이 몰아치는 차디찬 빙풍(氷風)
폭설 무게에
미국 동북부 등짝이 휘청거린다

야트막한 강물 한껏 퍼마시고
농지와 주택들을 한꺼번에 휩쓸어버릴 듯
물 폭탄 폭우를
들입다 쏟아 붓는 구천(九天)

불볕 지열(至熱)을 빨아드려
가축들이 잇따라 쓰러져 폐사되는데
폭염을 내뿜고도
하늘은 개운치 아니 하신가

신열(辛烈)에 경련을 견디다 못해
급변하는 기후변화는
어찌 감당해야 하며
먹거리 흉작은 어떻게 해결하여야 하나

지구도 별들 중 멋지게 빚어진 행성인데
어쩌자고 산업화의 찌꺼기가 쉼 없이
지구의 생명을 위협하고 있는지
우르르 쾅쾅!
날벼락치고 하늘이 분통을 터트린다.

행운목(幸運木)

거실 공간이 밋밋하고 허전하여
장대만큼 키 높은 행운목 화분을 수집하였다

불행을 막고 희망의 줄기를 잡고 싶어
행운이 나무 잎사귀에 어쩌다 둥지를 틀면
꿈결 같은 횡재를 맞이할 수 있다는 기대감

행운목을 보름 안에 스물두구루나 매입한 것이다

빽빽이 줄지어 들어선 나무들
삼복더위에 나무의 생명력이 짱짱하도록
찬바람 일구는 선풍기들을 틀어놓고
온 정성을 다하여 밀림을 다스려보았는데

여름의 땡볕이 지면과 허공을 담금질 해대자
시름시름 행운목이 맥없이 부서지는 소리
잎사귀가 누렇게 변질되어 죽어갔다

가위를 들고 누런 잎을 도려내던 순간
스스로 행운을 잘라버리는 것 같아 섬뜩하였고
낑낑 매고 오층까지 올렸던 무거운 화분

나무 이름대로 행운만 안겨주는 게 아니라
불행도 곁달아 전염될 수 있다는 것을 깨달았다

행운은 어느 곳 어디에서 오는 것이 아니며
지금 행복하다고 느끼고 사는 자만이
행운을 잡고 있는 사람인 것을
어렵게 터득하였다.

황금 황도

황금 덩어리를 따고 있다
이천 장호원 과수 나뭇가지에서

포장된 과육 박스가 가벼운듯 하여도
중량이 곱절 무겁게 느껴지는 이유는
과육 덩어리가
속까지 전부 황금으로 빚어진 탓이란다.

황금의 수려함과 황홀한 귀티
행운의 열쇠를 차지할 수 있었던 것은
여름내 햇볕을 물고 늘어진 나무의 지구력
잠까지 설친 농부의 땀방울 덕분이란다

한 여름 폭풍에 나무가 비틀 비틀
흐느적대다가 똑바로 서다보면
낙과로 버려진 가여운 형제들
악착같이 금빛 덩어리를 더 빚어내고자
뿌리에서 이파리까지 물 긷는 소리
험상궂은 폭우와 맞섰던 투지가 역역하다

이슬방울로 투석한 과육이 미백이라면
햇볕이 수혈한 과육은 황도!
한입 베어 물면 당도가 으뜸인 과일
아! 새콤달콤 맛깔스러운 그 맛
황도가 황금이 될 줄은 미처 몰랐다.

황금 덩어리를 캐고 있다.
이천 장호원 과수 나뭇가지에서

김장

월동준비를 하기 위하여
전례처럼 벌어지는 행사.
배추가 소금에 절여지고
이튿 날 무를 채칼로 썰어
속 배기 양념무침을 버무린다.

양념무침에는 언제나
쪽파, 갓, 새우젓, 고춧가루
배, 양파, 마늘, 생강등이
어우러져 멋진 모양을 이루는데

잠깐 막간을 이용하여
잘 익은 돼지고기에다 보쌈을 싸서
막걸리 서너 잔을
곁들여 마시면
일하기 전에 기운이 절로난다

아득히 먼 옛날에는
김장김치를 주식으로 생각하고
식구가 대여섯 명만 넘어도 보통
배추를 백포기 이상 담갔는데
요즘은 김장을 많이 하지 않는다

쌀 섭취량이 사뭇 줄어버렸듯이
그전처럼 김치를 찾지 않기 때문에
주로 어른들 식성에
알맞게 쓰일 뿐이다.

나의 젊음

세월이 뒷걸음치고 있다.

동쪽에서 뜨고 서쪽으로만 지는 태양
태양을 붙잡고 반대로 돌게 했더니
지난 옛것들이 밀물처럼 몰려온다.

사오십년 지나버린 내 젊음
산골짜기를 굽이굽이 돌아
강을 건너 늪을 헤치고
메아리처럼 다시 돌아오고 있는 것이다.

내 젊음의 축복을 위하여
사십년 지난 양복을 꺼내놓고
고향땅 누비던 그때 그 모습
눈에 떠올려본다

타임머신에 푹 빠진 나는
중년기를 제치고
청년기에 머물면서
가장 행복한 기쁨을 되찾고 있다.

틈새

사방 모두 막혀버리면
질식해버릴 수밖에
안팎으로 드나들 수 있는
틈새는 남겨두자.

창문 벽 사이로
하얀 민들레가 비집고 나와
햇볕을 보고
밝게 웃고 있듯이

서로 양보했기에
여유가 생기고
삶의 여백도 생기는 법

세상 어느 곳에든
빈자리를 남겨두자

생각할 때도 여유를 두고
드나들 수 있는 공간
주고받을 수 있는 틈새
틈새 속에 생명이 싹이 튼다.

어항 속 비단잉어

여과기에서 걸러내는 물줄기
물방울 맺혀 떨어지는 맑은 물소리
졸졸졸, 마치 개울가에 온 것 같아
마냥 기분이 상쾌하다

낮은 포복으로 어항 밑을 배회하다가
먹이 감을 보이면
공중 곡예 하듯
높이 치솟아 냉큼 따먹는 비단잉어
동작이, 쏜 화살처럼 재빠르다

수초가 우거진 곳은 그들의 안식처
옹기종기 모여 회의를 하고

무늬가 또렸한 관상어
번쩍이며 헤엄치는 지느러미
날렵한 잉어들에 쏘가 펼쳐진다

머리를 처박고 모래바닥을 쪼아대는 놈
몸을 흔들면서 위아래로 맴을 도는 놈
먹이를 잽싸게 물어다가
동료에게 넘겨주는 놈
타원형을 그리며 점잖게 순찰 도는 놈

비단잉어들이 재롱떠는
앙증맞은 모습을 보면
시간에 꼬집혀도 모르는 느낌
삼매경(三昧境)에 빠져버린 뇌
세상근심 일들이 말끔히 지워진다.

수면

삶도 죽음도 아닌
작은 영혼의 숨소리

현실을 대적하기가 어려우면
잠시 두 눈을 꼭 감고
깊은 잠에 빠져버려라

넓은 세상
지친 육신이 쾌차되는 곳
잠속에 재충전 된 삶이
현실에 아픔을 풀어주고
새로운 희망을 넣어준다면

창문너머 빛살 문 어둠이
의식을 저울질할 때
수면의 에너지가 충만한데

휴식의 공간에서
내일을 꿈꾸는 소망은
작은 영혼의 맑은 숨소리....

제6부 - 보름달에 가린 별

보름달

과육으로 빚은 보름달 형상이
나뭇가지를 주렁주렁 휘감아 맴돌고
햇살은 이미 과수원 뜨락에
방하착(放下着)한 지 오래

살갗의 섬모가 흰 물결 이루며
좌선으로 골똘히 닦아온 수련
하안거(夏安居) 묵도하던 여름 건널목 계절은
막무가내로 덤비던 태풍과 맞장을 뜨다.

둥그런 보름달을 팽팽히 빚으려고
밤도 낮도 없이 분주했던 나무
뿌리에서 줄기까지 물 긷는 소리

바스락대는 잎새의 가쁜 숨소리
복숭아 단내 흐트러지는 향기에
입맛 가득히 고이는 군침 도드라진다.

나무가 기지개를 피면서 던지는 미소
복숭아가 달이 되는 이치를 득도했노라고
입 소문을 퍼트리자

햇살은 배알이 토라져 나무와 숭강이를 한다.

매가 먹이를 나꾸어 채듯
바람의 칼날이 날카롭게 흠집을 내더라도
먹이사슬이 될 수밖에 없는 과육
흠칫 놀란 나는
보름달을 따서 얼른 주머니 속으로 넣어버렸다.

호반의 벤치

호숫가를 거닐다가 피로하시면
제 등에 앉아 편히 쉬지 않으시렵니까
나이 드신 어르신들의 관절보다
아직은 제 관절이 탄탄하니 심려 마십시오

우르르 서너 명 쯤 앉으셔도
제 발바닥이 디귿자 쇠붙이로 고정되어
절대 넘어질 걱정 없으니 마음 놓고 앉으십시오
종종 아낙들이 어린아이들을 데리고 와서
발을 구르며 깡충깡충 제등을 밟고 뛰어 노니는데
가슴이 터질 듯 힘겹지만
아이가 기뻐하는 웃음에 저도 웃는 답니다

나뭇가지 그림자가 엿가락처럼 늘어지고
물오리가 깃털을 세우며 물고기를 쫓고 있는데
땡볕에 끄슬린 저는 빗줄기만 기다릴 뿐
삶의 피곤한 밑둥치는 제게 맡기십시오

외로워서 만났고 외롭게 사는 사람끼리
서로 다투지 말고 서로 의지하면서 사십시오
사시다가 괴로우면 제게 기대여 위로받고
소중한 하루를 활기차고 새롭게 설계하십시오

세월의 아픈 화살에 멍이 들어버린
제 핏줄과 제 근육!
좀처럼 삐꺽대지 않고 버티는 이유는
귀동냥으로 얻은 행인들의 밀어(密語) 속에서
생의 비법(秘法) 을 터득한
저의 야멸찬 요령이기도 합니다.

중용(中庸)

너무 지나쳐도 탈
너무 모자라도 탈
모든 것은 적당히

몇 십 년 만에 찾아온 가뭄
올봄에 농작물이 바짝 타죽고
저수지 바닥이 쩍쩍 갈라져
물고기들이 떼죽음을 당했다

마실 물마저 동이나
지방 곳곳마다 지내던 기우제
난리법석을 떨면서
물 한 방울 소중함을
절실히 깨달았다

여름 장마철이 다가오자
이번에는 물 폭탄이 쏟아져
물난리로 하수구 철판이 들먹이고
집도 사람도 떠내려갔다

모든 것이 정도에 지나치거나
모자라면 탈이 나는 법
가뭄마저 장마마저
인간에게 힘든 아픔인 것을

하늘이면 하늘답게
높고 자비로워야하며
모든 생물이 우러러보는
사랑의 중용을 베푸셔야 한다.

호숫가에서

수양버들 나뭇가지가
치렁치렁 흔들리며 그네를 타고
물오리 어미가 새끼를 데리고
호수 수면에서 엄숙히 순찰을 돈다

거울 같이 맑은 수면에
파랑(波浪)의 무늬가 소녀의 모습을 그려놓고
그 옛날 그리웠던
기억의 장면들을 하나씩 길어 올리는데

느닷없이 유유히 몰려드는
금붕어와 잉어 떼들
거북이마저 헤엄쳐 다가오는가 싶더니
소녀가 훌짝 거북이등에
올라타고 손짓을 한다

기억의 정수리가 비몽사몽인 듯
신기하고 묘한 일을 보고 있는데
행여 소녀가 지금쯤
내 사는 모습을 훔쳐보고
있는 것은 아닐까

물속에 그려진 옛 영상(映像)들이
또다시 가슴을 뭉클하게 저며 오고
소슬 바람이 수면을 할퀴어대자
소녀의 모습이 내 곁으로 다가 왔다가
물속 깊숙이 미끄럼 타듯 사라진다

호숫가 언저리에서 돋아난 풀숲에
바람의 밀어가 들끓는다.

눈물 속에 피는 꽃

불현듯 눈시울이 뜨거울 때가 있습니다.
무엇에 매달려
애걸복걸하는 것도 아닌데
왈칵 눈물이 앞을 가릴 때가 있습니다.

괴롭고 기쁘고 서글펐던 날
예전에 그 잔잔한 기억들이
방울방울 눈물이 되어 어른거립니다.

평생 지켜줄 줄 알았던 부모님
같이 있어줄 줄 알았던 형제
나를 도와주었던 사람들
아카시아 향기보다
더 짙은 정만 남겨놓고
눈물 속에 꽃으로 살아납니다.

그냥 살면 되지, 쉬울 것 같지만
그것이 왜 그리 까다롭고
어려운 것인지
삶의 방정식은 만만치 않습니다.

침묵을 깨는 인연의 뜰 안
예전의 기억들이
내 주위를 맴돌면서
구성진 운율을 타고
눈물 속에 하얀 목련으로 피어났다가
다시 슬그머니 붉은 장미로 피어납니다.

처서(處暑)

삼복(三伏)기간 동안
하늘과 땅 사이가 맞닿는가 싶더니

처서가 내뿜는 소슬바람
여름의 한끝자락에서
하늘은 휘영청 높아지고 있다

누가 여름을 못 견디겠다고 했나?
무덥기 때문에
비키니 차림으로 해수욕장도 가고
산 계곡 물놀이도 즐겼건만

처서에 걸린 젊음의 고독
단풍빛깔 물들이 듯 빨갛게 탄다

처량히 울어대는 매미소리
뭉클 가슴속을 뒤집고
똑똑똑 옛 생각을 노크하며
기지개를 키면서 쭉 다리를 뻗는다

여름만 같다면 노숙자도 괜찮겠지
처서의 바람결에
가을이 오는 소리

세월에 꽂힌 계절의 칼날
나무토막 동강내 듯
드디어 사정없이 여름을 쪼개시는가.

기상이변

아직 입춘에 계절인데
갑자기 초여름이 비집고 들어와
봄 날씨를 꿀꺽 삼켜버렸다

후덥지근한 여름 날씨
처박아두었던 선풍기를 꺼내 놓고
전원 스위치를 눌렀더니
덜커덕 덜커덕
맴을 돌기가 귀찮다고 투덜거린다.

며칠이 지나자
난데없이 겨울이 되돌아와
여름 더위를 아주 박살내버렸다

칼바람이 부는 겨울 날씨
꽃을 터트렸던 꽃망울들이
우수수 낙엽 되어 휘날려버리고
과수원 나무들도 온통 벌거숭이

하우스 못자리 모판도
추위에 꽁꽁 얼어버려
농부들은 올 1년 농사 망쳤다고
아우성이다.

기상이변이
모든 생명체의 숨통을
잔뜩 옥죄이고 있다.

생존의 아픔

집을 잃은 갈매기 새끼 하나가
자기 어미를 찾으려고
뭇 갈매기들에게 짓밟혀가며
만신창이가 되어 헤매는 것을 보았는가

초원 들판에서 사슴 한 마리가
먹잇감이 되지 않으려고
사자의 추적을 따돌려가며
죽을힘을 다해 도망치는 것을 보았는가

주인 잃은 유기견 한마리가
쓰레기통을 뒤지다가
초롱초롱한 눈망울에
하염없이 흘린 눈물의 흔적을 보았는가.

행동이 그저 그러려니 하고 바라보지만
모든 생명체의 동작은
이 세상에 살아남기 위한 몸부림인 것을
팍팍한 살림에 관심이라도 가져보았는가

별보고 출근했다가
별보고 퇴근하셨던 아버지의 언행도
딸린 식솔들의 맥박을 짚고
열심히 살려는 부성애의 사랑이 아니더냐

이 세상 유랑 길에서
나도 한 삶의 끄나풀이 되어
지구상에 한 획을 긋고 있는 것이다.

그대와 나

그대 이름을 부를까 싶어
아예 입을 닫아버렸습니다.

그대 모습이 보일까 싶어
아예 눈을 감아버렸습니다.

그대 곁으로 가버릴 듯싶어
아예 발을 묶어버렸습니다.

그대 목소리가 들릴까 싶어
아예 귀를 막아버렸습니다.

그대 편지가 또 보고 싶어
아예 불살라버렸습니다.

그대 기억에 젖을까 싶어
아예 생각을 지워버렸습니다.

그러나 이 모든 행동들이
그대 형상을 지울 수는 없었습니다.

내 입을 닫아도
내 눈을 감아도
내 발을 묶어도
내 귀를 막아도
아무런 소용이 없었습니다.

그대는 그림자처럼
내 곁에 있다는 사실을 깨달았습니다.

질경이의 소망(所望)

힐끔 당신이 눈길만 주어도
저는 만족합니다.

그저 당신이 다니는 길목에
자리 잡고 있다는 사실만으로도
저는 마냥 행복합니다

어쩌다 당신이 저를 무심코
짓밟아도 괜찮습니다
더 단단히 뿌리 깊게 자랄테니까요

당신의 눈빛과 마주치는 순간
저의 얼굴은 화끈거립니다
당신에 시선이 제 몸을 온통
사로잡기 때문입니다

제가 보기 역겨우면
예쁜 꽃으로 태어날까 합니다
당신이 저를 반기시리라 믿고....

시인(詩人)

깨끗하고 아름다운 경치
허름하고 누추한 모습
그들과 시선을 마주치면서
착상은 늘 실타래처럼 엉켜있다

빼고 더하고 나누어도
물음표만 던져놓고
망설이는 시간
활자가 마침표에 해답을 찾지 못해
정신은 늘 쫒기고 있었다

노랗고 푸른 언어들을 골라
황토 흙 바르듯 살을 붙였을 때
완성된 하나의 작품
환희에 흠뻑 젖어 기지개를 편다

하늘과 땅 사이 여울목에서
시인은 늘 세상사에
귀를 기울이며
붓으로 인생을 다듬고 있는 것이다.

바위 생각

바위를 보고 화가(畵家)는
멋진 그림이 생각나서
큰 도화지처럼 사용하면 좋겠다고 하였다.

시인(詩人)의 눈은 바위를 보고
유명한 시 한편을 글로 새겨두면
오랫동안 보기 좋을 것이라고 하였다.

조각가(彫刻家)는
바위가 바위로만 보이지 않고
그 안에
요염한 여인의 알몸이 보이고
사자와 말이 보인다고 하였다.

바위는 세 사람의 말을
주의 깊게 듣고 나서
양 어깨가 으쓱해졌다.
알고 보니 쓸 만한 데가 있는 바위구먼....!

당신 곁에

당신이 곁에 있으면
더없이 행복합니다.

붉은 장미꽃 한 송이
제아무리 예쁘다할지라도
당신처럼 아름답지는 못합니다.

그윽한 라일락 향기
제아무리 좋다할지라도
당신처럼 향기롭지는 못합니다.

조잘대는 새들의 노랫소리
제아무리 곱다할지라도
당신의 음성만 못하답니다.

해맑은 한줄기 햇살
제아무리 따습다할지라도
당신의 마음만 못하답니다.

당신과 함께하는 시간
제일 즐겁기만 합니다.

욕심

하나를 챙기면 둘을 갖고 싶고
둘을 챙기면 아홉을 갖고 싶은
욕망

예전에는
남이 쓰다버린 것도
괜찮다 싶으면 모아두고
쓸 만한 재활용품은
닥치는 대로 쌓아두었는데

이제 있어서 골치 아프고
버리자니 아깝고
두자니 번거롭다

많다는 것이
좋은 것만이 아니외다.

탁자가 있을 곳에 의자가 있고
의자가 있을 곳에 잡동사니가 있다면
어디 편히 쉴 수 있겠는가?

비워라
사람이 중하지 물건이 중하더냐.

이리저리 자리를 비워두면
편히 몸 둘 곳도 생기고
마음에 욕심도 사라지나니
비우면서 사는 것이 옳지 않겠나.

십자가의 고상

성당 대성전에 들어서면
십자가에 매달린 성체
발가벗은 예수님의 모습이 엄숙하다

전지전능하신 예수그리스도
어찌하여 밝은 모습은 아니 보여주시고
십자가에 못 박힌 성체만 보여주시는 것일까?

실천하기 어려운 성서의 말씀
누가 오른뺨을 치거든 왼뺨마저 내어주고
누가 겉옷을 원하거든 속옷까지 내어주고
달라는 자에게 주고
꾸려는 자에게 거절하지 말라

산다는 것은 덧없이 잃어 가는 것
강물 같은 슬픔이 들이닥치고
가시 같은 고통이 밀려온다
다소곳이 예수님 고상 앞에 무릎을 꿇고
인내와 맞씨름을 해야되겠지

세상사는 것이 수련의 과정
사는 일이 허전할 때
애써 잊으려고 몸부림쳐보지만
늘 쫒아다니는 근심과 걱정거리
바늘귀에 실처럼 따라다니는데

차라리 받아드리며 사는 것이 나을까 싶어
원수를 사랑하라는 예수님의 말씀처럼
고통을 사랑하며 사는 것도 옳지 않은가.

비틀대는 공화국

막말이 오고 간다
죽일 놈 살릴 놈 하면서
방향까지 잃었고
무게까지 잃었다.

대통령 권위마저 들먹이며
종북세력들이
제 세상 만난 듯이
까놓고 욕질이다.

그들 등살에
국위가 낙엽처럼 추락하고
오그라드는 지엔피
흔들대는 삼팔선

빨갱이 사상이 좋다하면
이북에 가서 살면 될 터인데
어찌하여 남한 땅에서
왜 불평불만을 터트리는가.

핵은 핵으로 맞서야 하는데
사드배치마저 안된다고
좌파들이 시끌벅적
조상 핏줄이 다른 모양이다

말 많은 종북세력
밧줄로 꽁꽁 묶어
이북으로 북송시키면
눈 먼 국민 옳게 뜨겠다.

오늘의 아픔

오늘이 힘겹다 하여
사는 게 지겹게 느껴진다면
즐겁게 받아들여야하겠다.

먼 훗날
지금의 일들이
아름다운 추억으로 남으리라 여긴다면

순간마다
어렵고 괴로워도
잘 이겨 낼 수밖에

추억은 황금을 주어도
절대 사지 못하는 법

오늘의 아픔은
행복했던 옛일로 기억되리라

훗날을 위하여
지금 겪고 있는 고통이나 슬픔도
소중히 보관해야 되겠다.

서평

허공에 걸린 자화상처럼
나부끼는 인생여정, 한줄 시어가 되어

강대환 / 시인. 수필가

이길호 시인의 네 번째 시집 『가슴 속에 피는 꽃』은 시인이 살아온 발자취만큼 생의 가장자리를 돌고 돌아 뒤축이 다 닳도록 걸어온 흔적이다.

평행에 시점을 두고 부감법의 구도로 삶의 현상을 명료하게 묘사하고 있다.

시인은 이번 시집에서 "완행열차" "누구인가" "봄날은 간다" "행상보따리 엄마" 등 많은 작품을 통해 속으로 삭혀야했던 핏빛 그리움을 토해내고 있다.

그러면서 자신만의 시어를 통해 역량을 발휘하여 귀엣말로 속삭이는 시인의 밀어가 가슴에 전율로 다가온다.

또 시편마다 생활 속 자기관리와 신앙심이 깃들어 있고, 시인의 생각이 잘 나타나있다.

급행열차에서 강등당한지 벌써 이십년
군데군데 철판 이음매를 조이고 있는 나사못이 녹슬고
승객실 가로막고 선 문짝이 술 취한 듯 삐딱하다

이십년 전 매끈한 인격과 외모는 낡아버렸고
폐장을 파고드는 호흡은 숨이 찬 듯 가르랑 거린다.

그래도 남아있는 힘은 길 다란 그림자를 뒤로하고
둥지 틀어 살고 있는 동네와 이웃사이 간이역을 오가며
그는 열차시간표와 정확히 맞추어 하루를 접는다.

여기저기 역마다 남겨둔 진솔한 정 순박한 정
종착역 머물러 여장을 풀고 휴식을 취하고 있을 때
역무원의 순찰과 정비원의 망치소리가 적막을 깨트리고
고개를 내민 풀꽃이 기름때에 스쳐 움칫 자지러진다.

승차하며 다정히 인사하는 승객들의 밝은 표정
노년의 열차는 형제처럼 떠받치고 있는 철로를 딛고
밤에는 어둠을 삼키며 해오름엔 햇볕을 쪼개가며
묵은 때 정든 때 서린 간이역 주변 풍경을 박음질한다.

언젠가 힘에 겨워 그자가 임무를 다할 수 없다면
높은 산길을 관통하는 철로길 터널은 어찌하고
오곡자루 이고 자주 오르내렸던 아낙들은 어찌하며
친척지간 자주 왕래했던 그림자들은 어찌하면 좋은가

숨아 찬 듯 가르랑 거리며 달리는 노병
향수에 젖은 간이역들이 그의 운행을 지켜보며
그와 사라질 운명이 못내 아쉬운 듯 속앓이 하는데

자신도 자기의 운명을 아는지 길게 기적을 울려대며
흠뻑 정이 묻어나는 간이역에서 잠시 한숨을 돌린다.

-『완행열차』 전문

시의 대상은 거실의 낡은 소파도 될 수 있고, 이미 오래 전에 고장 나서 버려진 생활용품도 될 수 있다.
"지나간 것은 모두 아름답다."고 한다.
시인의 눈에서, 기억에서 가물거리며 남아있는 완행열차에는 빛바랜 사진 속에서 희미하게 웃고 있는 화자의 모습이 보이고, 젊은 날의 사랑과 우정을 싣고 멀리 떠나가는 아픔도 함께 있을 것이다.

미역과 멸치 같은 건어물을 이고
주안말 북망산 고개를 넘나들며
보따리 장사를 하시던 어머니

어스름 땅거미가 밀려 올 적마다
여동생과 나는 주안말 언덕 빼기로
엄마 마중을 나가곤 하였습니다.

달빛에 하얀 보따리가 희끗희끗 보이고
힘겹게 올라오시는 엄마의 발걸음
건어물들이
쌀, 보리 곡식으로 바뀌어

무거운 중량이 엄마를 짓누릅니다.

"아이구! 내 새끼들 왔구나"
"응, 엄마! 힘들지?"
"배고픈데 누룽지나 먹으렴"
"야! 누룽지다, 엄마가 최고야"

조그만 보따리를 이어받은 여동생과 나
-누룽지도 질기고 목숨도 질기고-
요즘 들어 바짝 도지신 어머니해수병
언덕배기를 오르실 적마다
숨이 곧 끊어 질듯 가르랑대며 헐떡이는데

"엄마, 숨차지?"
"괜찮아, 조금 있으면 나아지겠지"
삶에 지쳐 버린 듯한 어머님의 목소리
목소리에 풀벌레 소리가 뒤엉켜
바가지를 엎어 놓은 듯한 북망산이
그날따라 무척 측은해보였습니다.

– 『행상보따리 우리엄마』 전문

시상이 동심의 세계처럼 맑고 투명하다. 행상 나간 엄마를 고갯길에서 목 길게 빼고 기다리는 마음, 누룽지 한쪽에 질긴 목숨이라고 비유한 뜻을, 언젠가 북망산 바라보며 알 수 있었을 만큼 시인이 경륜도 알 수가 있다.

그때는 철이 없어 엄마가 주는 누룽지 한쪽에 마냥 행복했었는데, 이제야 엄마마음 알 수 있을 거 같을 때, 엄마는 기다려 주지 않고 떠나버린 북망산이 측은하게 보인다는 시인의 마음에 효심이 흐르고 있다.

이렇게 시인은 혼란기에 태어나 격정의 세월을 살아오면서 겪었던 아픔과 사랑을 차마 다 내뱉지 못하고 4권의 시집과 자서전에 고해성사하듯 밝히고 있다.

언제부터인가 둘이서
같이 가자고 약속하였습니다.

깨어있는 햇볕에
하나는 둘이 되고
졸고 있는 어둠에
둘이 하나가 됐을 때
그대가 나를 버렸는가 싶어
겁이 덜컥 나기도 했습니다.

홀로 있는 다는 것은
외로움에 떨어야할 몸부림
약속을 어길 그대가 아니기에
빛으로 줄달음치면 나를 찾겠지

밤에는 깊은 잠에 빠져

그대와 떨어져 있다 할지라도
아침이면 어김없이
나는 그대 곁에 나타납니다.

–『그림자 하나』 전문

시적화자는 사랑과 믿음이란 창을 통해 들여다봐야한다.
언제까지나 함께하자던 약속이 하얀 거짓말이 되어 버림받은 것 같은 이별에 덜컥 겁이 났다는 말에 시인의 여린 마음을 알 수가 있을 것 같다.
이별보다 보다 더 무섭고 두려운 게 홀로 남았다는 것이다.
홀로 남겨진 자의 비애는 누군가 잠시 위로할 순 있어도 결코 나누거나 쉽게 치유되지 않는 마음의 병이다.
이미 깨져버린 약속이지만 그 언약을 믿으며 빛으로 찾아오리란 믿음, 아침마다 한줌 햇살로 다시 만날 것을 생각하며 어둠을 풀어헤치며 밤을 지새우는 마음에 꺼지지 않을 영원한 사랑이 활활 타고 있음을 알 수 있다.

그림자처럼 몇 십 년 함께한 아내가
갑자기 세상을 떠났을 때
모든 행동과 시간이 한순간에 뚝 – !
빙글빙글 맴을 도는 듯한 현기증(眩氣症)
울컥 북받치는 슬픔과 외로움에

지난 추억들이 범벅이 되어 앞을 가리다
세상이 온통 낯설어 보인다.

가슴 저미는 고통(苦痛)을 감수하고
끈적끈적한 정(情)을 떼어놓으려는 안간힘
상처가 태산(泰山) 같이 크다.

평생(平生) 같이 있어줄 줄 알았던 믿음
정신마저 몽땅 빼앗아 가고
귀엔 듯 눈엔 듯 입술엔 듯
애써 잊으려고 발버둥 쳐본다한들
바람에 우는 그 자리 빈 소주병만 덩그렁

잎이 떠나고 메마른 체념(諦念)의 삭정이들
희로애락 생의 감정도 시들어 헷갈리다
병마(病魔) 그물망에 걸려든 우울증
약 없이는 밤잠을 하얗게 설쳐야 한다.

연어처럼 되돌아 올 수는 없는 것일까
나타날 것만 같은 몽환(夢幻)의 꿈
예전 그대로인 주방에 들려
칼질하던 도마, 설거지 했던 그릇
때 묻은 아내의 흔적들을 소중히 쓰다듬는다.

–『흔적』 전문

옛말에 든 자리는 몰라도 난 자리는 안다고 한다.
오랜 세월 함께한 아내의 빈자리가 서러워 쌓여가는 빈 술병이 화자의 슬픔을 표현하고 있다.
스쳐가는 바람에 쓰러진 술병이 울고 있다.
시인의 눈물이다.

매일 눈뜨면 만나는 작은 물건마다 아내의 손 때 묻은 흔적이 남아있어, 빛바랜 추억이 자꾸 아프게 한다.
연어처럼 돌아오지 않을까? 매일 밤 꿈을 꾸는 몽환이 서럽다.
모든 존재는 순환하고 소통하고 변화하는 특성이 있다.
이것이 곧 자연의 이법이다. 한 곳에 멈춰있는 것은 썩거나 얼어있는 것이다.
흔적을 더듬어 기억하고 사모했던 마음을 다잡아 두 손 모아 올리는 기도소리 하늘가에 닿는 날, 시인의 마음도 밝아지리라 생각한다.

이길호 시인은 현재와 과거를 동시에 바라보며 지금 이 자리에 또 다른 곳을 보고 있다. 그것은 미래를 보고 있다.
한 올 한 올 수놓은 시심과 언어를 통해 시인의 문학과 신앙이 동승하는 문학의 꽃을 활짝 피워내길 기원한다.

예지시인선 264

가슴 속에 피는 꽃

초판인쇄 | 2017년 10월 13일
초판발행 | 2017년 10월 18일
지 은 이 | 이 길 호
펴 낸 이 | 우 미 향
펴 낸 곳 | 도서출판 예지
주　　소 | 경기 용인시 처인구 백암면 삼백로 414-1
전　　화 | 031-339-9198 / 031-337-3861~2
F A X | 031-337- 3860
등록번호 | 경기 라 50203
I S B N | 978-89-6856-040-8
C I P | 2017025729
정　　가 | 10.000원